10631195

Vas-y maman

NICOLE DE BURON | *ŒUVRES*

Nicole de Buron

Vas-y maman

Éditions J'ai lu

© Flammarion, 1978

1

Il y a des jours où, sans préavis, l'engrenage des choses de la vie – petites et grandes – se met à tourner de travers. De plus en plus de travers. Le moindre événement vous explose au nez. Et rien ne laisse prévoir quand la période fatale va se terminer. C'est ce que les poètes appellent le creux de la vague et vous, Noir et Purée.

Le mieux serait, au moindre signe avant-coureur, de se coucher, drap par-dessus la tête, et de laisser le flot des emmerdements couler de chaque côté de son lit. Mais qui peut se coucher, drap par-dessus la tête, au beau milieu de l'après-midi? Elizabeth Taylor, peut-être, ou quelques émirs arabes. En tout cas pas vous. Pas une simple mère de famille française.

Ce jour-là, aucun des présages chers aux Romains – crapauds, chats noirs, vols de corbeaux – ne vous avait prévenue que vous alliez être happée par la machinerie diabolique.

Peut-être la pluie au moment où vous sortiez de chez le coiffeur?

Mais il pleut toujours quand vous sortez de chez le coiffeur ou quand vous finissez de nettoyer les grandes baies vitrées de votre salon. Lors de la sécheresse d'un été précédent, vous vous êtes étonnée que les agriculteurs n'aient pas fait appel à vous. Un bon coup de vieux journal imbibé de vinaigre sur vos fenêtres et des trombes d'eau se seraient abattues sur les récoltes nationales.

Pour l'instant, vous rentrez tranquillement chez vous (*brushing* foutu), dans votre tranquille petite rue, par une tranquille fin d'après-midi – pluvieuse.

Après avoir fait tranquillement les courses et le marché.

C'est-à-dire acheté et trimbalé la tonne de marchandises nécessaires à la nourriture et à l'entretien d'une famille bourgeoise ordinaire. Parfois, vous rêvez d'un retour à une vie plus écologique où la Tribu se contenterait d'une poignée de baies sauvages et d'un peu d'eau fraîche (remplaçant avantageusement les boissons diverses – vin, bière, limonade, lait pur, lait chocolaté, lait malté, orange en pulpe, orange en poudre, orange gazeuse, orange sans orange, etc. – qu'affectionnent les vôtres).

Vous entrez dans le jardin qui fait votre fierté au volant de votre petite voiture (c'est l'Homme qui conduit la grande par voie de hiérarchie – vous n'avez jamais rencontré un couple où ce soit le contraire).

En pénétrant dans le garage, vous vous penchez par la portière pour vous assurer que vous n'allez pas froisser votre aile gauche arrière contre la porte. Non, ça passe. Et baoum! L'enfer étant pavé de bonnes intentions, surtout celui des garages, votre Mini a heurté violemment le mur du fond. Vous manquez passer à travers le pare-brise. Et merde! c'est tous les jours la même chose.

A cause d'un architecte sadique, comme beaucoup, qui a conçu un garage trop petit et trop court, la voiture de votre mari (la grande) et la vôtre (la petite) sont serrées comme deux moinillons dont la queue dépasserait hors du nid. Vous pourriez écrire un livre entier sur les architectes – un jour, vous le ferez –, vous parleriez en particulier de leur passion pour les placards qui ne contiennent rien, les éclairages qui ne permettent pas de lire et les fosses septiques qui odorifèrent en été quand vous dînez sur la pelouse.

En attendant, vous récupérez votre masse prodigieuse de paquets que vous allez essayer de traîner à travers le jardin, tout en protégeant tant bien que mal sous un sac en plastique ce qui reste du travail d'art du coiffeur, qui vous a coûté si cher. Sans compter le pourboire. Mais vous auriez un livre – un autre – à écrire sur les pourboires que vous ne savez pas donner (oui – non – trop – pas assez – quand, etc.).

Vous sautillez de dalle en dalle pour éviter les flaques d'eau et le gazon humide. Naturellement, un de vos enfants a oublié sa planche à roulettes. Ce n'est pas vous qui allez glisser dessus. Non. Vous levez très haut la patte. Vous enjambez soigneusement le skateboard. Et flac! votre pied atterrit à côté de la dalle et s'enfonce complètement dans dix centimètres d'herbe boueuse. En étouffant un juron pas du tout élégant ni bourgeois, vous vous dégagez en tirant violemment votre pied. Cela fait un bruit dégoûtant de succion de boue. Gloup... gloup. Tous vos paquets tombent. C'est là que vous comprenez que vous êtes mal partie pour la soirée, sinon la semaine entière.

Vous entrez chez vous, un pied propre, un pied sale. (Demain, grand nettoyage de moquette.)

Et vous êtes accueillie par les gloussements de rire de votre fille bien-aimée au téléphone :

— Tu aimes Serge, toi?... T'es malade. Il est totalement glauque... et puis il faudrait lui dire que les épingles de nourrice aux oreilles, hein, c'est terminé.

Bravo. Mais d'où votre amour de fille aînée peut-elle bien parler à sa meilleure amie? Vous ne voyez personne. Vous finissez par apercevoir deux pieds sous la table de la salle à manger. Olivia est là, couchée sur une mer de livres et de cahiers.

Elle lève vers vous un regard vide. Vous lui dites tendrement bonsoir. La créature bien-aimée cache précipitamment de sa main le récepteur du téléphone. Aucun des fabuleux secrets qu'elle partage avec des copines inconnues ne doit parvenir jusqu'à la secte des parents.

Elle marmonne quelque chose qui ressemble à un bonsoir bredouillé par un Malgache.

Un détail vous intrigue. Sur le poignet de votre fille bien-aimée est tatoué au feutre bleu le prénom MARC orné d'un cœur.

– C'est qui, Marc?

Question stupide.

Votre fille, hautaine, retire vivement son poignet.

– C'est personne.

Ah bon!

Déçue de ne pas être dans la confidence des premières amours de votre fille, vous repartez dans la cuisine avec vos paquets.

Vous avez quand même le temps d'entendre l'héroïne amoureuse chuchoter dans le téléphone :

– ... La maison est envahie. On en parlera demain au cours de maths...

Tout en rêvant à ce mécanisme infernal qui transforme les bébés roses et tendres en adolescentes secrètes et hargneuses, vous commencez à préparer le dîner avec les gestes quotidiens de millions de femmes à la même heure. Vous déballez vos paquets jetés à la hâte sur la table de la cuisine, en particulier un poisson monstrueux dont le poissonnier vous a dit le plus grand bien. Il vous adresse un rictus méchant (le poisson, pas le poissonnier). Vous lui rendez sa grimace. Pourquoi diable avez-vous acheté cette sale bête? Tout le monde déteste le poisson chez vous. Mais le poisson fait partie des aliments vantés par les diététiciens dans tous les journaux féminins et vous êtes ferme sur le poisson.

Vlan!

La porte d'entrée s'est ouverte à toute volée.

Vlan!

La porte d'entrée s'est refermée à toute volée.

Un éléphant grimpe l'escalier.

C'est votre fils adoré qui rentre de l'école.

Vous sortez le plus vite que vous pouvez de la cuisine et vous appelez :

– Julien?

Trop tard. Julien est passé. Vous écoutez descendre du premier étage un vague son lointain qui ressemble à un « salut » hululé par un Sioux.

Votre cœur – sinon vos oreilles – entend, lui, parfaitement, Julien en train de dire tendrement : « Bonsoir. T'as passé une bonne journée? » Hélas, ce n'est pas à sa mère que votre petit garçon s'adresse ainsi affectueusement mais à un affreux et gros hamster, le grand amour de sa vie, à qui vous portez une haine farouche car il adore grignoter vos moquettes.

Votre fils chéri a une deuxième passion : son écureuil de Corée que vous détestez aussi solidement car il a le don de transformer vos rideaux en longues et tristes effiloches.

Mais il y a pire. Sido, la couleuvre. Votre cauchemar.

Votre fils, Julien, est un écologiste militant.

Et vous, une mère moderne. Vous savez que vous ne devez pas contrarier l'affection exaltée de votre enfant pour les bêtes. Freud ne vous le pardonnerait pas. On voit bien que Freud n'a jamais eu à mettre des pièces à ses moquettes ni à raccommoder ses rideaux lui-même. Il ne s'est pas trouvé non plus nez à nez avec une couleuvre dans son lavabo. Ça se saurait.

Tandis que vous réfléchissez au mécanisme infernal qui transforme les bébés roses et tendres en rebelles de la société et en dingues des animaux, vous entendez un bruit infernal qui provient du garage. Baoum!

Cette fois, c'est l'Homme de votre vie qui arrive.

Il a l'habitude de conduire en lisant *le Monde* déployé sur le volant, vieille manie contractée dans les embouteillages. Il est tellement absorbé dans sa lecture qu'il ne voit jamais, lui non plus, le mur du fond du garage qui porte les stigmates de ses heurts successifs. Ce n'est pas vous qui allez le lui reprocher.

Puis, toujours *le Monde* à la main, l'Homme traverse majestueusement le jardin sans voir la planche à roulettes. Mais comme il y a un dieu pour les lecteurs du *Monde,* il ne trébuche pas dessus.

Le voilà à la porte de la maison.

Il ne saurait être question d'arrêter une seconde la lecture de son article.

L'Homme va donc se livrer à une gesticulation rituelle qui vous fascine encore au bout de quinze ans.

Sans lâcher son journal – surtout pas –, il baisse la poignée de la porte avec son coude gauche, pousse la porte du pied droit, entre dans le living, repousse la porte du pied gauche, soulève le coude droit, laissant ainsi tomber par terre, tchflac! l'attaché-case qu'il avait réussi à maintenir serré sous son bras, pose son journal sur la console d'entrée et toujours sans en détourner son regard – surtout, surtout pas – déboutonne son imper qu'il jette, au hasard, en direction d'une chaise. Raté. Un peu plus tard, vous ramasserez imper et attaché-case. Voilà tout. Puis il reprend son journal et va se jeter avec lui dans son fauteuil favori. Ouf!

Pendant toute l'exécution de cette pantomime sacrée (bien connue chez les Zoulous sous le nom de danse-du-journal-du-soir), l'Homme n'a pas daigné lever les yeux une seule fois pour vérifier si tout son petit monde était bien là. Il a raison. Il y est.

Il n'a pas arrêté non plus, dès la porte, de commenter à voix haute la lecture des événements qui lui arrachent, comme tous les soirs, un lamento désespéré.

Tout va mal. La situation est catastrophique. En France. Dans le monde. Dans la lune. Que font les Américains? Rien. Des cons. Que font les Russes? Rien. Des cons bornés. Que fait le gouvernement? Rien, bien sûr. Une bande de cons. Et l'opposition? Une deuxième bande de cons. Bon. Alors, on dîne?

(Il n'écoute pas la réponse. Du reste, vous ne dites rien.)

Non mais ce qui se passe est incroyable (il tape sur son journal). Si ça continue, il va mettre la clef sous la porte et partir faire des fromages en Auvergne...

(Tiens! l'année dernière il voulait faire de l'élevage d'escargots en Bourgogne.)

Enfin ce qui console (il tourne une page bruyamment) c'est que si ça ne va pas ici, ça ne va pas mieux ailleurs.

Une demi-heure plus tard, toute la famille est à table. Regardant fixement la télévision.
L'Homme (hochant la tête avec écœurement) : Vraiment tous des cons sur cette chaîne.

Vous servez à la ronde votre monstre marin – Dieu merci, aucun des membres de votre petite famille ne s'aperçoit qu'il s'agit de poisson, ce qui vous évite des récriminations inutiles. Personne ne s'étoufferait avec les arêtes que vous avez soigneusement retirées avant de faire vos fritots. Non. Tout à leur chère télé, l'Homme et les enfants avalent machinalement ce qu'ils trouvent au hasard de leur assiette.

C'est toujours un bon moment pour vous de les voir, à l'aide d'une fourchette aveugle, piquer à côté des morceaux qu'ils veulent attraper. Vous prenez des paris intérieurs. Arrivera? Arrivera pas? *Vous* à l'Homme : c'est bon?

L'Homme sans quitter le speaker des yeux (« Un vrai con, celui-là... ») : Quoi?

Vous : Ce que tu manges.

L'Homme (vaguement) : Hon-hon!

Vous (gentiment, à la cantonade) : C'est de la merde avec du sucre semoule.

Personne ne bronche. Personne n'a écouté. Ils sont tous passionnément rivés au poste, mastiquant consciencieusement comme un troupeau de zébus dans la brousse africaine.

Vous regardez à la ronde ces chers visages idiots.

Vous (écœurée) : Vous n'êtes vraiment qu'une bande de ruminants. J'en ai marre. Demain, je ferai des patates à l'eau.

Les ruminants continuent de ruminer d'un air hébété.

Vous : Eh! oh! Vous êtes sourds?

Pas de réponse.

Alors, tout d'un coup, quelque chose se passe en vous. La bombe atomique. Une boule dans votre estomac qui explose force Mega 8. Vous vous levez d'un bond. Vous foncez à la télé. Vous tournez le bouton, coupant le sifflet à une speakerine minaudant comme elles en ont, seules, le secret (personne d'autre n'ose). Vous vous campez devant, les bras croisés, et vous faites face à l'Homme de votre vie et à vos enfants adorés totalement stupéfaits.

— Qu'est-ce qu'il y a?

Vous (les dents serrées et bouillonnante de

colère rentrée) : Je voudrais simplement que vous me disiez « BONSOIR »... bonsoir ma chérie... bonsoir maman... c'est pas difficile ça,... BON...SOIR...

Les visages inquiets des membres de votre chère petite famille n'expriment qu'une certitude : vous êtes devenue folle.

Une heure plus tard, dans la chambre conjugale, vous êtes le Vésuve en éruption. Il vous semble que rien ne vous calmera plus jamais au monde. En chemise de nuit blanche avec dentelles à l'ancienne achetée une fortune aux Puces – plus cher que chez Dior –, vous marchez de long en large comme une panthère, tout en ramassant machinalement les vêtements que l'Homme a éparpillés, comme à son habitude, à travers la pièce.

Ras le bol. Vous en avez ras le bol de cette vie. Un meuble, voilà ce que vous êtes devenue. Un meuble que personne ne voit plus. Une glace transparente. C'est ça. Saint-Gobain, c'est vous. Votre vie, c'est quoi? Faire la bonne, la vaisselle, le ménage, en attendant le retour des autres. Vous êtes l'idiote du pays. La Cendrillon qui s'échine à ranger. Vous brandissez les chaussettes de l'Homme et vous les lancez machinalement en l'air. Pendant que vous y êtes, vous flanquez également à travers la pièce ses chemises et ses chaussures. Rien ne peut plus vous arrêter.

Vous venez de réaliser que votre vie à vous, tout le monde s'en fout.

L'Homme, en pyjama dans son lit, fait semblant de boire vos paroles furieuses, tout en continuant à lire sournoisement en douce son journal bien-aimé. Mais c'est un vieux truc qui ne prend plus.

Vous (folle de rage) : Tu ne m'écoutes pas!

L'Homme (mielleux, la tête tordue de côté et un œil sur vous, un œil sur *le Monde*) : Je ne fais que ça.

Vous : Qu'est-ce que je viens de dire?

L'Homme (pris au dépourvu – ah! ah!) : Ben, tu viens de dire... tu parlais de...

Vous lui arrachez son journal et vous le jetez par terre.

Vous : Ce soir tu m'écouteras.

L'Homme est furieux de se voir arracher ses chères tribunes politiques.

– Tu es d'une humeur! Tu as tes petites affaires?

Et voilà. Ça y est. On y est. Il est impossible pour un homme d'imaginer que, dès qu'une femme fait une scène, sa mauvaise humeur puisse être provoquée par une autre raison que ses règles.

Vous hurlez : « Non, je n'ai pas mes règles. J'ai des problèmes d'existence... »

Là, l'Homme paraît offensé, vaguement ironique. Il ne voit pas quel problème d'existence vous pouvez avoir. Vous avez un mari charmant, des enfants en bonne santé, une superbe maison, une vie agréable, tout l'argent qu'il vous faut, ce qui est aussi important non?

Nous y revoilà une fois de plus.

L'Homme est foncièrement persuadé qu'il vous couvre d'or comme un fier cow-boy, Miss Annie la Belle du saloon du coin.

Il n'entre pas une seconde dans sa tête l'idée que l'argent qu'il vous remet tous les mois sert à acheter des choses aussi ennuyeuses que des choux-fleurs, de la lessive ou des chaussettes pour les enfants. Non. L'Homme est un pélican qui souffre atrocement à gagner un argent que vous dépensez gaiement à des babioles sur un air de jazz.

Vous tentez de rétablir la vérité : l'argent de l'Homme sert tout bêtement à faire vivre la famille.

– Tu en profites aussi, remarque-t-il.

Cette réflexion a le don de vous énerver encore plus. Vous faites votre boulot autant que lui, non? Et c'est un sacré travail que d'être tout à la fois femme de ménage, cuisinière, maîtresse d'école, repasseuse, secrétaire aux formalités administratives (presque un emploi à plein temps), mère attentive, épouse aimante, etc. Oui, vraiment un labeur d'abeille dont un énarque ne voudrait pas. Ne veut pas.

Alors, là, l'Homme a l'air sincèrement surpris. Vous n'allez quand même pas comparer les responsabilités qu'il a à l'usine et le mal que vous prenez à tourner les boutons de la machine à laver. Qu'il vous a achetée.

Cette dernière remarque vous met dans une rage inouïe.

Vous criez : « Bon, je te laisse tes responsabilités, tes machines à laver, ta belle maison, tes enfants, tes sous, tout. Adieu! »

Vous claquez la porte de la chambre et vous vous sauvez dans le jardin en tornade blanche et en chemise de nuit.

Là, au clair de lune, sur la pelouse, vous décidez de clamer votre indignation, et de prendre à témoin de votre révolte la rue, le quartier, le monde entier. Ça ne peut plus durer. Vous hurlez à la ronde :

– J'étouffe.

Oui, vous en avez marre d'être la fée du foyer. Merde à Spontex. Ras le bol de Mini Mir, Mini Prix.

Un monsieur, qui promenait tranquillement son petit chien pour le pipi du soir, s'arrête surpris pour regarder ce qui se passe dans votre jardin.

Vous continuez à vociférer en direction des étoiles qui s'en foutent :

– J'en peux plus d'être toujours seule avec mes casseroles de luxe du Creuset, 59250, Lyon... Bonjour, madame Tefal! Comment allez-vous, monsieur Moulinex? Ah! quelle joie, madame Javel Lacroix!

L'Homme apparaît au balcon de votre chambre. Horrifié par le scandale.

L'Homme est un animal pusillanime dans le fond.

L'Homme : Veux-tu bien rentrer!

Vous (bramant) : Non!

Vous avez l'impression de jouer tous les

deux « Roméo et Juliette – quinze ans après », s'engueulant au balcon de leurs premières amours.

L'homme (d'une voix contenue et grondeuse) : Tu vas réveiller tout le quartier.

Vous (piaillant) : Je m'en fous!

Vous faites de grands moulinets avec vos bras, ce qui a le don de faire sursauter le monsieur et le chien curieux. Vous vous adressez à la face de la terre :

– Hou! Écoutez-moi tous. Vous savez combien j'ai préparé de repas en quinze ans de mariage?... 16 425. Tous à l'heure. C'est pas beau?

Vous avez la satisfaction de voir les maisons du quartier s'allumer les unes après les autres. Vous imaginez tous les gens qui se dressent et s'interrogent dans leur lit. Le feu?

Derrière votre haie, un deuxième curieux est venu rejoindre le premier. Vous l'entendez chuchoter :

– Encore un drame de l'alcool?

Vous glapissez de plus belle :

– J'en ai marre d'être propre, coiffée, briquée, maquillée, polie, souriante. Je veux être sale, débraillée, hargneuse... bêêête...

Vous voyez tout à coup l'Homme surgir dans le jardin, une robe de chambre sur son pyjama (vous reconnaissez là son caractère prudent; ne pas attraper froid, quelles que soient les circonstances). Il brandit une couverture dans votre direction. Vous vous demandez si c'est pour vous empêcher d'attraper froid à votre tour ou pour étouffer vos cris.

L'Homme (exaspéré) : Ça suffit maintenant. Viens. Je t'ordonne de rentrer.

Vous (vous enfuyant en hurlant à l'autre bout du jardin) : Ecoutez-le! Le Chef donne ses ordres. Mais cesse de me parler comme à une enfant (comme s'il avait jamais fait autre chose)...

Vous galopez tous les deux à travers le jardin, l'un poursuivant l'autre. L'Homme tient son plaid à bout de bras comme un chasseur de papillons essayant d'attraper un timelœa maculataformosana.

Vous (vous retournant comme une vipère) : J'en ai assez de n'être *que* la femme *DE* M. Larcher, la femme *DE* M. le P.D.G. DE Merde, la femme.

Ça y est. Il a réussi à vous coiffer avec sa couverture. Vous vous débattez dessous et vous criez faiblement :

– Avant, j'étais une brillante journaliste...

Hélas. Qui s'en souvient?

L'Homme : C'est ça. C'est ça.

Derrière la haie du jardin, il y a un monde fou pour regarder avec passion le spectacle : les deux promeneurs, le chien, un jeune homme à moto, un couple qui se dispute à son tour, trois Japonais, un raton laveur, etc.

L'Homme, horriblement gêné, leur fait un sourire contraint et vous entraîne sous sa couverture.

– Tais-toi et rentre.

20

Vous (dans un dernier sursaut de révolte) : Je veux être Moi.
L'Homme : Pauvre folle!

2

Un mois plus tard, vous êtes en pleine déprime.
Pourtant vous avez tout essayé pour lutter contre cette peste. Gainé vos armoires d'affreux papier à fleurs. Changé les rideaux de votre chambre qui n'en avaient pas besoin. Visité trois expositions de peinture (aggravation de la maladie). Fait du yoga avec un hindou qui vous a enseigné à enrouler et dérouler vos vertèbres sur la moquette de votre salon jusqu'à ce qu'elles craquent. Appris l'art de faire des bouquets japonais – qui vous exaspèrent – dans un club de dames aussi mal dans leur peau que vous. (L'une d'elles vous a confié qu'elle passait des heures à sa fenêtre à compter les voitures dans sa rue.)

Quand vous en arrivez au stade où vous pleurez dans votre bain sans savoir pourquoi, vous décidez d'aller voir un psychiatre.

Vous avez longuement hésité. Vous êtes, hélas, d'une famille où une bonne syphilis de grand-père est mieux considérée qu'une névrose. Chez les vôtres, la difficulté d'être ne révèle qu'abominable faiblesse de caractère.

Vous avez bien pensé au curé de votre paroisse. Pour découvrir qu'il est lui-même en analyse après avoir été successivement syndicaliste, intégriste et punk.

Vous vous retrouvez donc discrètement, par l'intermédiaire d'une amie d'un ami d'une amie, dans le cabinet d'un psychiatre connu. Tellement connu probablement qu'il vous dit à peine bonjour et donne l'impression de l'importuner carrément.

Il vous marmonne de vous allonger sur son divan en reps marron. Vous avez toujours détesté le reps marron mais celui-ci a peut-être des vertus thérapeutiques. Qui sait. Puis le psy s'enferme dans un silence prudent tel un paysan auvergnat à qui on demanderait le prix de sa ferme.

Mais vous lisez les journaux féminins intelligents (il y en a. Si. Si.) et vous savez que c'est à vous de parler – parler – parler.

Vous commencez donc à déballer vos angoisses de votre sac. C'est peut-être vrai que vous devenez folle. En tout cas, vous vous sentez horriblement coupable. Comment? Vous avez tout pour être heureuse et vous ne l'êtes pas dans un monde dont, de tous côtés, on vous rapporte sans cesse l'horreur? Haro! Vous avez un mari qui... des enfants que... une maison dont... et vous en avez marre. Haro, haro!

Autrefois, vous étiez une femme indépendante, une journaliste qui travaillait énormément, une reporter connue. Vous avez tout plaqué parce que vous pensiez qu'un bonhomme et des enfants, c'était ça le bonheur. Vous l'avez cru pendant des années. Et puis quelque chose s'est pourri au royaume du Danemark, et un beau soir le ras-le-bol de la ménagère vous est tombé dessus. Une sale bourgeoise qui a du vague à l'âme, voilà ce que vous êtes. Mais de savoir cela ne vous aide en rien. Quelque chose ne fonctionne plus dans votre machine. C'est tout.

Vous dévoilez à toute vitesse (3/4 d'heure = 150 francs) les hideux tréfonds de votre inconscient à un homme que vous ne voyez pas. Tandis que vous êtes allongée sur le divan de reps, le psy assis derrière vous, à son bureau, ne pipe toujours mot. C'est assez angoissant ce silence à l'arrière mais, puisque vous êtes là, autant foncer. Vous continuez bravement.

Qu'est-ce que vous disiez? Oui : vous avez l'impression de passer à côté de votre vie. Il faut que vous fassiez quelque chose. Mais quoi? Docteur, qu'est-ce que je dois faire?

Vous vous retournez brusquement et vous apercevez le psychiatre en train de se livrer à d'étranges grimaces. Il examine sournoisement et complaisamment ses bajoues dans une petite glace dissimulée dans le tiroir entrouvert de son bureau. Visiblement son double menton le préoccupe énormément. Il le pince sauvagement. A chacun ses angoisses.

Pris en flagrant délit de distraction, il vous lance un regard furieux puis vous répond d'un air professoral :

– Poser une question, c'est déjà y répondre.

Ah bon!

Vous le soupçonnez de s'en foutre royale-

ment et d'avoir une salle d'attente pleine de
sales bonnes femmes à problèmes comme
vous.

3

Retrouver du travail à quarante ans n'est pas
facile. Vous le savez. Néanmoins, vous vous
attaquez énergiquement au problème. Hélas,
tout le monde semble avoir oublié que vous
étiez une brillante journaliste dont les articles
piquants faisaient l'admiration des directeurs
de journaux.

Vous téléphonez à tous les numéros de votre
petit carnet d'adresses. Au début, les gens vous
écoutent d'une oreille amicale et se répandent
en formules apaisantes. Ensuite, ils ne vous
prennent plus au téléphone. Quant aux petites
annonces, elles rendraient neurasthénique un
rhinocéros. Il n'y a rien.

Seule une amie gynécologue, Marie, accepte,
provisoirement, de vous dépanner dans le
cadre de « S.O.S. copines ».

C'est ainsi que vous devenez, un mois plus
tard, hôtesse-réceptionniste-standardiste dans
une clinique d'accouchement.

L'Homme de votre vie a un peu fait la
grimace. Réceptionniste, ce n'est guère épatant
pour le standing de la femme du P.-D.G.. des
lunettes Lullibel et surtout pour le P.-D.G.

lui-même. Et puis quelle idée de vouloir travailler à tout prix par ces temps de chômage alors que personne ne vous le demande.

Vous faites remarquer à L'Homme que beaucoup de gens boivent, fument et aggravent le déficit de la Sécurité sociale alors qu'il n'en est nul besoin.

Il se plaint de ne pouvoir discuter avec vous.

Mais peut-on discuter sérieusement avec une femme?

Non.

Vous vous retrouvez donc, un beau matin, un peu ébahie, dans un immense hall, très moderne, bourré de monde. Vous êtes assise devant une table et trois téléphones. De l'autre côté de la table, un monsieur très angoissé :

– Il n'est toujours pas arrivé?

Qui?

Son bébé. Enfin plutôt celui de sa femme en train d'accoucher depuis plusieurs heures. Mais c'est le monsieur qui en a assez d'attendre. Il hurle :

– Je n'en peux plus.

Au moment où vous vous demandez comment on doit traiter le cas délicat du futur père hystérique, une voix masculine, hurlant « Vite! Vite! », détourne votre attention.

C'est un moustachu qui appelle d'un air désespéré sur le seuil de la porte :

– Grouillez-vous! Le bébé va naître dans mon taxi!

Vous appuyez sur le bouton d'urgence pour appeler une infirmière. Le chauffeur se précipite vers vous. S'il y a une chose que ce fier Gaulois ne supporte pas, c'est un accouchement dans son véhicule. La dernière fois, il est tombé dans les pommes. Il s'adresse à vous d'un air de reproche :

– Je ne sais pas comment vous faites, vous, les femmes, pour supporter une chose pareille.

Vous lui faites remarquer que vous n'avez pas tellement le choix.

Là-dessus, le père angoissé, toujours accroché à votre table comme un naufragé à sa bouée, reprend ses lamentations :

– Moi, j'aurais bien voulu que ma femme accouche dans ma voiture. J'attends depuis douze heures. Je suis à bout.

Vous lui conseillez d'aller à l'annexe.

– Quelle annexe?

Eh bien, le café d'en face, voyons. Qu'il aille boire un verre. Qu'il se saoule. Qu'il fasse tout ce qu'il veut mais qu'il disparaisse et laisse sa femme et vous – surtout vous – faire votre boulot tranquilles.

Le téléphone sonne pour la quinzième fois en une heure. Vous répondez déjà automatiquement :

– Allô, clinique Montségur.

Encore un accouchement prématuré probablement. Non. C'est un monsieur qui veut se faire opérer de la prostate. Vous lui conseillez l'hôpital. Il raccroche, furieux que le monde entier ne s'intéresse pas à son problème.

Là-dessus, la parturiente du taxi traverse le hall en gémissant, tenant son ventre-montgolfière à deux mains, soutenue par l'infirmière et suivie par un mari décomposé qui succombe sous le poids de deux énormes valises.

On vous a déjà prévenue que les futures mères se divisent en deux catégories. Celles qui débarquent avec de quoi habiller un régiment entier de bébés. Et les autres tenant nonchalamment au bout du doigt un minuscule petit sac dans lequel tient à peine une demi-couche. Ce qui provoquera la fureur des infirmières. Et les cavalcades des belles-familles priées énergiquement d'acheter une layette convenable à l'ouverture des magasins.

Pour l'instant, le trio se dirige vers la salle de travail. Sur leurs talons, le chauffeur de taxi.

Le chauffeur de taxi (au mari) : Eh! oh! il faudrait me payer.

Le mari (égaré) : C'est pas le moment.

Le chauffeur de taxi (indigné) : Comment c'est pas le moment? C'est pas vous qui accouchez quand même!

Sage remarque quoiqu'il y ait des moments où l'on se le demande...

Le père s'arrête, pose ses valises, sort de sa poche un gros billet froissé qu'il tend au chauffeur qui l'empoche froidement.

Petit silence.

Le mari : Et ma monnaie?

Le chauffeur (sarcastique) : Ah! ah! parce que vous n'êtes plus aussi pressé maintenant!

Dans le hall, il y a un monde fou. De futures mères, venues avec leurs maris, attendent d'un air emprunté (les futures mères et les maris). Des grand-mères tricotent. Des infirmières vont et viennent. D'autres dames contemplent les journaux d'un air mécontent. Elles ne doivent pas être du même bord politique. Des pères marchent de long en large. Deux femmes enceintes comparent leurs ventres : « Tiens, le mien est plus descendu, ce sera un garçon. » « Moi, je ressens tellement de coups de pied que le docteur m'a dit : Mais c'est une armée de petits footballeurs que vous avez là-dedans, madame. »

Dehors, une petite voiture de sport, dans un hurlement de pneus, vient se garer directement sous le panneau de stationnement interdit. Sur le pare-brise, un caducée. Une jeune femme très élégante et désinvolte jaillit de la Porsche rouge. C'est votre amie, Marie, la gynécologue.

Vous voyez, à travers la porte vitrée, un agent de police surgir avec le dandinement propre à la maréchaussée dans l'exercice de ses fonctions. De tout l'uniforme suinte la satisfaction de coincer une conductrice.

L'agent : Eh! vous! vous ne savez pas que c'est interdit de conduire avec le caducée de votre mari?

Marie (amusée) : Mais c'est moi le docteur!

Le flic n'en croit rien.

Même à notre époque, dite de la Libération

de la Femme, un homme NE PEUT tout simplement PAS admettre qu'une créature ressemblant à Marylin Monroe et habillée comme une minette puisse exercer un travail de responsabilité. Vous avez une copine architecte que les promoteurs immobiliers et les ministres prennent immanquablement pour sa propre secrétaire. Ils restent frappés de stupeur et d'inquiétude à l'idée que c'est ce bout de femme sexy et fragile qui a dessiné et fait construire la ville qu'ils sont en train d'inaugurer. Il y a là quelque chose de diabolique, c'est évident. Mais la femme est diabolique. Freud et les Pères de l'Eglise sont d'accord là-dessus.

Dehors, la situation se complique entre le flic et Marie.

Marie : Je vous assure que je suis le patron de la clinique et que c'est mon caducée.

Le flic (blessé) : C'est ce que vous dites, toutes! Vos papiers!

Marie (commençant à s'énerver) : J'ai pas le temps. J'ai trois accouchements en train.

Elle s'approche brusquement tout près de l'agent et d'un geste inattendu lui écarte les paupières pour examiner son œil.

– Eh ben, dites donc, *vous*, au lieu de me faire perdre mon temps, vous feriez mieux d'aller voir un spécialiste du foie.

Puis, d'un pas léger, elle rentre en trombe dans la clinique.

Laissant le malheureux représentant de l'ordre terrassé par l'inquiétude.

Il se penche pour examiner à son tour son

œil dans le rétroviseur extérieur de la Porsche. C'est vrai qu'il a un sale œil. Maman, au secours!

Au passage, Marie s'arrête près de votre table.

– Ce qu'ils ne supportent pas, soupire-t-elle, c'est qu'on ne soit pas habillées en noir comme les mamas corses. Là, ils auraient confiance.

Vous approuvez. Dans tout homme sommeille un musulman qui rêve de voiler sa femme et les autres.

Au passage, vous la remerciez de vous avoir donné ce travail à la clinique.

Elle est dubitative :

– Tu me remercieras à ton millième accouchement.

A cet instant, vous voyez approcher une immense gerbe de fleurs qui marche toute seule et s'arrête devant votre table.

Derrière le buisson de roses Baccarat, s'élève la voix étouffée d'un minuscule livreur cambodgien.

– Ci pour Mme Lola Van der Mercken.

– Deuxième étage, chambre 207.

La gerbe à pattes repart en trottinant. Vous la regardez s'éloigner rêveusement. C'est la cinquième gerbe depuis ce matin pour Mme Lola Van der Mercken, sans compter les bouquets plus petits. On ne trouve plus un vase de libre dans la clinique.

Marie pousse un grognement de fureur à cette nouvelle. Ça y est, on va encore lui piquer ses bocaux à urine. La peste soit de ces bonnes femmes qui transforment les cliniques en magasin de fleuriste.

Vous demandez avec curiosité qui est Mme Lola Van der Mercken. Comment? Vous ne connaissez pas la fameuse Lola Poum Lala du Crazy Horse Saloon? Eh oui! elles aussi ont des bébés. Un peu plus fastueusement, c'est tout.

Marie vous abandonne, fonçant vers ses trois accouchements. Elle salue au passage un couple qui s'en va, opération bébé accompli.

Comme d'habitude, le père porte les valises, la mère le nouveau-né tout de jaune vêtu. Il ressemble à un poussin mais à un poussin qui hurlerait à pleins poumons.

Le père (inquiet et déjà réservé) : J'espère qu'il ne va pas faire du bruit comme ça pendant quinze ans?

Oh si, mon pauvre monsieur, et pendant plus longtemps encore.

Pendant que vous vous démenez avec vos femmes enceintes, vos pères inquiets et les gerbes de Mme Lola Poum Lala, l'Homme de votre vie, dit Jean-Pierre, dit J.-P. dans la vie professionnelle, est à son usine en train de se débattre avec ses lunettes. Et Alice.

D'abord les lunettes. Il s'agit de choisir la collection de la prochaine saison d'été des Etablissements Lullibel. Voilà quinze jours qu'avec Vincent, son ami-associé-directeur général et membre de leur S.A.M. (société d'admiration mutuelle) privée, il essaye des modèles de plus en plus extravagants. Il en rêve la nuit.

Vincent (regardant dans une glace avec des lunettes qui le font ressembler à un cocker triste) : Qu'est-ce que tu en penses? C'est mode!

J.-P. (dubitatif) : Beuh!

Vincent essaye alors une autre paire aux énormes verres bombés et noirs qui lui donne l'air maintenant d'une fourmi angoissée.

Vincent : Et celles-là?

J.-P. (de plus en plus dubitatif) : Beuh!

Vincent : Ouais... Tu oserais porter ça, toi?

J.-P. (fermement) : Je fabrique, je ne porte pas.

Les deux hommes sont soucieux. Il reste bien un modèle composé de deux petits cœurs très kitsch mais les représentants consultés ont assuré que « ça se vendrait comme une housse de cathédrale ».

Devant cette perspective, les patrons sentent le sol se dérober sous eux.

C'est le moment que choisit Alice pour entrer dans le bureau directorial après un vague grattouillis à la porte pouvant à la rigueur passer pour un frappement poli.

Alice (déposant un papier à la volée sur le bureau et marmonnant) : Etats... ateliers.

J.-P. (mielleux) : Merci, Alice.

Alice (hautaine) : J'ai un nom, monsieur le directeur.

J.-P. (paternaliste) : Oh, ma petite Alice, voyons...

Devant le visage courroucé de la jeune fille, il pile sec.

J.-P. : Bon, mademoiselle Rollot, je sens que vous allez encore me demander quelque chose.

NON. Mlle Rollot ne demande rien. Elle exige. Ou plutôt ses camarades et elle vont exiger, à la prochaine réunion, une crèche pour les ouvrières mères de famille.

L'Homme est désemparé. Mlle Rollot est son cauchemar vivant, sa revendication permanente, sa hantise patronale. En trois ans, à la tête du comité d'entreprise, elle a obtenu une pause café à 10 heures, une pause viandox à 4 heures, des blouses pour les ateliers, des douches, une cantine avec menus diététiques, sans parler des augmentations de salaire naturellement. Tout cela a coûté très cher.

L'homme le fait remarquer. Et demande à voix haute où est-ce qu'ON va bien pouvoir trouver l'argent pour une crèche.

Alice demande à son tour à voix haute si ON préfère les grèves sectorielles.

L'Homme est terrorisé. Les grèves sectorielles sont sa bête noire. Il essaie de noyer le poisson. Allons, allons, ne nous emballons pas. Ecoutez, je vais examiner la question... nous en reparlerons...

Alice (ironique) : Pour en reparler, ne craignez rien, on en reparlera.

Elle tourne les talons.

J.-P. (la rappelant) : Tenez, puisque vous êtes là (il lui montre les prototypes de lunettes qui jonchent son bureau), qu'est-ce que vous pensez de ces modèles pour la prochaine collection d'été?

Naturellement, l'Homme essaye là sournoisement de mettre Mlle Rollot dans sa poche. Et sa crèche par-dessus le marché.

Mais une Alice ne se laisse pas prendre au piège si facilement.

Alice (farouche) : Ce n'est pas mon problème, monsieur le directeur.

J.-P. (explosant) : Pour l'amour du ciel, vous ne pourriez pas arrêter cinq minutes d'être la représentante du personnel pour vous conduire comme un être humain, *Alice!*

Alice attrape alors une paire de lunettes, les met sur le nez de l'Homme et examine l'ensemble avec soin, la tête penchée de côté.

Alice : Puisque vous me le demandez (avec un bon sourire)..., elles sont complètement tartes, vos lunettes, mon petit Jean-Pierre.

Et elle sort du bureau, en balançant des 2,262hanchaissant les deux hommes médusés.

L'Homme met cinq bonnes minutes à s'en remettre. Puis il explose.

J.-P. : Ah! les bonnes femmes, je peux plus!

Vincent (hochant la tête) : Elles font n'importe quoi.

J.-P. : Je ne sais pas ce qu'elles veulent prouver... qu'elles sont les plus fortes... alors qu'elles ont toujours fait ce qu'elles ont voulu.

Vincent : A qui le dis-tu!

J.-P. (curieux) : Tu vois ton ex. quelquefois?

Vincent : Tous les quinze jours, quand je vais chercher la petite. Elle a l'air ravi depuis notre divorce. (Amer.) Il paraît qu'elle s'épanouit. Et tu sais quoi? Elle n'a personne, hein, dans la vie...

J.-P (sincèrement surpris) : C'est pas possible!... Pas un autre homme?

Vincent : Non, non, personne.

J.-P. (abasourdi) : Incroyable!

Les deux hommes hochent la tête devant cette situation inouïe. Une femme plus heureuse sans homme qu'avec. Pas de doute, l'époque les rend folles.

Surtout Irène, l'ex. de Vincent. N'a-t-elle pas osé, au plus beau de leurs disputes conjugales, passer une petite annonce vengeresse dans le quotidien préféré de son époux :

« Mari à reprendre – 100 Frs – Beau – Propre – Bonne santé – Sait dire : « Quand est-ce qu'on mange? » et « Tais-toi, je dors ».

Naturellement J.-P. et Vincent n'évoquent pas ce souvenir brûlant mais, comme il flotte un air de confidences, Vincent veut savoir ce que vous devenez.

L'Homme, condescendant, explique que vous avez trouvé un petit boulot d'hôtesse-réceptionniste, etc.

Vincent est un peu surpris. N'étiez-vous pas journaliste avant votre mariage? Si, vaguement. Mais vous n'avez rien retrouvé. Alors en attendant, ça vous occupe gentiment.

Mais vous n'êtes pas occupée gentiment comme l'imaginent les deux hommes. Vous êtes ballottée par le flot furieux des arrivées et des départs de fin de journée. C'est l'heure du coup de feu. Comme au restaurant.

Habillée pour partir, vous n'arrivez pas à décrocher. Votre remplaçante est debout, près de votre chaise, prête à enchaîner sans perdre une seconde. *Vous* (dans le téléphone) : Ne quittez pas, madame, je vous passe le 17.

Vous branchez.

– (A la remplaçante :) Cette nuit, il y a cinq accouchements de prévus.

La remplaçante. (écœurée) : Malheur! Ça va encore être une nuit infernale... Et ça tombe toujours sur moi.

Le téléphone resonne. Vous décrochez. Une dame haletante au bout du fil : » Je sens qu'il arrive... et mon horoscope est mauvais. »

Au même moment, une autre dame devant vous essaye de vous parler. Vous lui indiquez de la tête de s'adresser à votre remplaçante. Mais la dame ne veut rien savoir. C'est vous qu'elle a décidé de consulter.

La dame (larmoyante) : Mme Péan? Je suis la maman de Mme Péan.

Vous (explicative, à la remplaçante, tout en écoutant dans le téléphone les explications de la dame qui ne veut pas que son bébé naisse Scorpion) : Les triplés.

La remplaçante (à la maman de Mme Péan) : Au premier, madame, chambre 3

La dame (s'éloignant en gémissant) : Oh! lala! lala! Trois d'un coup.

Visiblement ces triplés l'accablent.

Vous (dans le téléphone, à la dame du futur

bébé scorpion) : Venez quand même, madame, nous vous attendons.

Vous raccrochez et vous prévenez la remplaçante que cinq plus un égale six accouchements pour cette nuit.

La remplaçante (furieuse) : Oh! lala! quelle corrida!... Mais qu'est-ce qu'elles ont toutes à pondre comme ça? Et leurs pilules qu'est-ce qu'elles en font? Elles les encadrent?

Le téléphone resonne. Encore. Vous redécrochez tout en vous levant tandis que la remplaçante s'assied prestement à votre place.

Vous (mécaniquement) : Allô, ici clinique Montségur! Mme Lola Van der Mercken? C'est occupé, monsieur. (Vous branchez en attente – A la remplaçante :) Je ne sais pas combien ils sont de pères, mais il y a du monde sur la ligne... Cette fois, je suis vraiment, vraiment en retard.

Vous partez en courant vers la porte avant que le téléphone ne vous rappelle. Vous croisez la sixième gerbe à pattes de la journée.

Vous (automatiquement) : Deuxième étage, chambre 207.

La gerbe à pattes : Ji sais.

A la porte, vous vous heurtez dans le premier père angoissé que vous aviez envoyé boire un verre au café. Il a tellement bien suivi vos conseils qu'il est complètement saoul.

Le père (voix pâteuse) : Toujours pas arrivé?

Vous (le plus gentiment possible) : Non, désolée.

Le *père* (avec une tristesse d'ivrogne) : Il ne veut pas me voir.

Vous vous élancez au pas de course dans la rue. Tout à coup, un type sort d'une porte cochère, portant sur l'épaule une étrange tête de serpent en plastique vert avec une grande langue rouge. La tête est suivie d'un immense corps ondulé qui vous semble ne jamais finir et au bout duquel se trouve un deuxième porteur.

Vous pilez sec dans votre course, manquant de vous fracasser sur cette chose étrange qui défile sous vos yeux, en ondulant, et sur laquelle est écrit en lettres blanches : « On trouve tout à la Samaritaine. » Bon.

Vous entrez en courant dans un pressing.

Vous sortez en courant du pressing, portant à bout de bras, sur un cintre, le beau costume gris de l'Homme de votre vie.

Vous foncez vers votre voiture garée en double file (klaxons de conducteurs mécontents bloqués derrière vous, vous faites un vilain geste dans leur direction), vous ouvrez la porte arrière, vous étendez le costume sur la banquette, vous refermez, vous vous engouffrez au volant et vous démarrez.

Vous ne vous êtes pas aperçue qu'une jambe du pantalon, coincée dans la portière, traînait dans le ruisseau. Demain, vous devrez reporter le costume au pressing.

Vous entrez en courant dans un supermarché qui a le mérite d'être sur le trajet entre la clinique et chez vous. Vous attrapez un chariot qui refuse de se désemboîter des autres. Vous le secouez comme une furie en lui donnant des coups de pied. Sale bête! Ah, ça y est! Vous avez réussi à le détacher du reste de la file. Qui part comme une fusée à travers le magasin. Et va heurter une pyramide de boîtes de conserve. Qui s'effondre avec un bruit terrifiant. Tout le monde se retourne. Visages réprobateurs. Vous essayez de prendre l'air de la personne qui n'y est pour rien et vous vous sauvez lâchement. (Sans lâcher votre chariot prise de guerre.)

Vous avez quand même le temps de voir arriver un vendeur en blouse blanche qui, d'un air las, ramasse les boîtes. Il demande à la cantonade si on ne pourrait vraiment pas installer les petits pois ailleurs qu'à côté des caddies? C'est la quatorzième fois de la journée qu'il refait la pyramide. Maintenant, à vous de jouer. La partie est ouverte.

Vous remontez à toute allure le terrain en compagnie d'un pack de ménagères déchaînées. C'est l'heure des achats du soir entre le bureau et la maison. Les femmes présentes semblent douées de folie. Elles galopent d'un rayon à l'autre avec leurs caddies qui ne roulent jamais droit, se croisent, se doublent, se tamponnent. Vlan! et revlan! Les chariots font un bruit atroce. Les enfants, assis dedans, jettent tout ce qu'ils peuvent par terre. La musique hurle – c'est l'enfer.

Vous attrapez deux boîtes de soupe, un paquet de riz, six yaourts, du beurre, des petits biscuits-goûter, trois culottes pour votre fille aînée, une boîte d'œufs du jour (mais duquel?), un paquet de lessive-n'importe-quoi (vous n'avez pas le temps de lire l'étiquette mais qu'importe? La lessive est toujours la même. Seuls changent l'emballage et les arguments publicitaires). Vous n'oubliez pas les haricots verts surgelés sans fil (recommandés par les diététiciens au désespoir des enfants, mais vous êtes ferme sur le haricot vert), un litre d'huile, prétendue vierge (cette appellation vous a toujours laissée rêveuse – vous n'avez jamais trouvé d'huile mère de famille).

Vous faites la course avec une dame qui essaie de piquer les boîtes avant vous et tente de vous plaquer aux genoux pour vous empêcher d'attraper avant elle deux torchons en réclame. Elle veut absolument vous coiffer dans les buts, c'est-à-dire à la caisse où une dizaine de femmes essoufflées font déjà la queue. Mais c'est vous qui gagnez (pour une fois!). Pour se venger, la dame furieuse vous flanque son chariot dans les fesses. Vlan! Aïe! Brute! Vous allez avoir un bleu sur les fesses dont votre mari s'étonnera.

Enfin c'est votre tour d'arriver devant la caissière. Ouf! Vous commencez à déballer le contenu de votre chariot.

La caissière (refermant son tiroir-caisse d'un geste triomphant) : Caisse fermée!

Elle a l'œil exorbité de bonheur à l'idée d'avoir pu emmerder une sale bourgeoise de cliente.

Vous n'avez plus qu'à remettre vos paquets

dans votre caddie et foncer faire la queue à l'autre caisse où votre ennemie s'est déjà précipitée. C'est à votre tour de lui flanquer votre chariot dans le derrière. Tiens! A salope, salope et demie.

Vous jaillissez enfin du supermarché.

Vous traînez jusqu'à votre voiture la tonne de marchandises in-dis-pen-sa-bles que vous avez achetée.

Vous redémarrez. Les autres dames aussi. Klaxons furieux. Gestes divers grossiers. Bouches murmurant de vilains mots. Vous revenez à la maison, accélérateur au plancher. « Ils » doivent tous déjà être rentrés. Mécontents de votre absence.

Fond du garage. Baoum! Vous récupérez vos affaires et vous courez essoufflée jusqu'à la maison. Le pantalon de l'Homme traîne toujours par terre. Que celle qui n'a jamais transporté de pantalon d'homme en même temps que sept paquets et douze sacs vous jette la première pierre. (Même un marine effectuant son centième parcours du combattant n'oserait pas.)

Vous arrivez haletante à la porte. Mais, au moment d'entrer, vous aspirez l'air de toutes vos forces pour récupérer un souffle normal. Vous tentez de vous recoiffer tant bien que mal avec un bout de coude. Et vous rentrez chez vous cal-me-ment, avec le sourire radieux d'une mère de famille qui a passé une journée paisible, « qui l'a occupée gentiment ».

Toute la petite famille est là. Plus Vincent.

Merde! Ce n'est pas que vous n'aimiez pas Vincent mais, ce soir, ça n'était pas le soir d'avoir un invité. Vous auriez préféré un bain chaud et un air de musique douce aux nerfs.

L'Homme est installé dans son fauteuil favori et Vincent confortablement affalé sur le canapé. Ils boivent un whisky en bavardant lunettes.

L'Homme : Ça te n'ennuie pas, ma chérie, que Vincent dîne avec nous? (Pompeusement :) Nous avons des décisions importantes à prendre.

Les décisions que l'Homme a à prendre sont toujours importantes. Les décisions pas importantes, c'est vous.

Vous (gracieuse) : Je suis ravie.

En fait, vous avez plutôt envie de vous écrouler en larmes comme une flaque sur la moquette, tellement vous êtes fatiguée.

Vincent (petit frais classique du copain qui s'est invité à dîner) : Avec moi, ne vous gênez surtout pas. Juste un peu de viande froide.

Vous (feignant d'être pleine d'humour) : Il n'y en a pas mais je vais trouver autre chose.

Avec le pas calme des vieilles troupes qui en ont vu d'autres, vous gagnez la cuisine.

La porte refermée, nouveau changement de rythme. A toute allure, vous laissez tomber brutalement vos paquets sur la table, vous tournez les boutons d'électricité d'une main, vous allumez le gaz de l'autre, vous ouvrez les placards avec la troisième, vous rangez de la quatrième le fouillis insensé que les enfants ont fait en goûtant (flaques de chocolat, pain grillé carbonisé, pots de confitures laissés ouverts, etc.). Bref, la déesse Shiva aux six mains, c'est vous exécutant la danse de la derviche tourneuse-cuisinière.

Il s'agit une fois de plus de compresser le temps et de donner à manger aux chères bouches affamées sans une seconde de retard. Car la famille ne doit pas souffrir un seul instant du fait que sa ménagère en chef non rétribuée s'est mise à travailler au-dehors de la maison. N'est-ce pas!

C'est le moment que choisit votre fils adoré pour entrer dans la cuisine en coup de vent. Il annonce d'une voix haletante et d'une seule traite :

– Maman, j'ai pas compris mon problème. Tu peux m'aider?

Vous répondez que vous n'avez pas le temps.

Écœuré, il vous fait remarquer que personne n'a jamais le temps ici. Hélas, c'est vrai. Mais que faire?

Et il ressort de la cuisine en claquant la porte.

Vous vous gardez bien de lui conseiller d'aller voir son père. La dernière fois, l'Homme incapable de comprendre la théorie des grands ensembles a jeté le livre de maths à travers la pièce et proféré contre l'école (« une bande de cons, ceux-là aussi ») des remarques malhonnêtes que Julien s'est empressé de rapporter à ses professeurs. Ce qui vous a permis de lire le mois suivant sur le carnet de notes de votre fils adoré : « Julien ne profite peut-être pas de l'environnement idéal pour le développement de sa personnalité scolaire. »

Une demi-heure plus tard, vous êtes épuisée mais assez contente de vous. Vous avez réussi à servir un dîner convenable à cinq personnes tout en conservant un sourire (faussement) éclatant et le cheveu pas trop décoiffé.

Tandis que la bande rumine à son habitude, le Chef demande à la ronde son avis sur son prochain modèle de lunettes noires : Regard Sauvage.

Votre fils adoré n'hésite pas à donner bravement son avis : elles sont complètement tartes.

L'Homme est furieux de cet avis qu'il a pourtant sollicité. Personne ne l'aide dans cette maison. Tout le monde se fout de ses responsabilités. Ah! ce n'est pas drôle d'être un petit P.-D.G. dans l'indifférence sinon l'antipathie de tous et des siens.

Vincent, jouant le rôle de l'ami fidèle, essaye prudemment de détourner la conversation en désignant ce qu'il y a dans son assiette. Délicieux.

Vous rétorquez que c'est un canard à l'orange.

L'Homme daigne convenir que c'est très, très bon.

Bravo.

Un bravo qui se fait si rare dans cette maison qu'il vous touche profondément.

44

A cet instant, mue par je ne sais quelle impulsion diabolique, vous révélez à votre petite famille qu'il s'agit de surgelé.

Du coup, l'assistance en est... gelée (hum).

L'Homme regarde son assiette avec une certaine inquiétude :

— Du canard à l'orange *surgelé*, vraiment? Ils font ça maintenant?

Vincent est également réticent mais il tâche de faire bonne figure, la bonne figure d'invité, et mâchouille sa bouchée d'un air surpris. Tiens, ça sent quand même l'orange.

Vous remarquez que c'est fabriqué avec de vraies oranges. Pourquoi pas? Ben oui, pourquoi pas?

Mais une ombre est désormais tombée sur le visage des deux hommes. Bien sûr, c'est pas mauvais. C'est même bon mais il y a l'aspect très suspect de la manipulation chimique du surgelé. Et qui dit chimie dit E 120 ou K 17 et égale cancer, Seveso, Minimata, etc.

Bref, les deux hommes en arrivent à la conclusion que le surgelé c'est l'horreur, la pollution, l'Apocalypse. Ils soupirent ensemble. Où est le temps de la cuisine bourgeoise et familiale? Elle s'éloigne, l'odeur des tartes aux pommes, avec une pointe de cannelle, faites par leur maman quand ils étaient petits. Oui, ce paradis s'est perdu.

Personne n'a plus le temps maintenant. Non, personne n'a plus le temps.

Vous avez suivi cette conversation avec un certain agacement. Vous approuvez ostensiblement. « Personne » (c'est vous) n'a le temps de rien maintenant (à noter que la tarte aux pommes, ce n'est pas eux qui auraient l'idée de la faire). Et vous demandez à la ronde si quelqu'un veut de votre camembert industriel.

Cette petite plaisanterie n'obtient aucun succès.

Culpabilisée (hélas! vous ne pouvez pas vous en empêcher, vous êtes faites comme ça) par le coup de la tarte aux pommes, vous demandez aux enfants s'ils ont fait leurs devoirs.

Non. Les enfants n'ont pas fait leurs devoirs, profitant que « personne » ne leur a dit de les faire ni voulu les y aider.

– Bon, finissez vos mandarines et hop!

Quand vous ouvrez la machine à laver la vaisselle, c'est Trafalgar.

Un flot d'eau sale inonde la cuisine. Cette horreur de lave-vaisselle est encore bouché. Merde! Remerde! Et merde encore!

Il faut sortir la vaisselle sale de la veille (écœurant!), trouver serpillières et seau, piétiner dans l'eau, éponger par terre...

Attirés par vos exclamations furieuses, l'Homme et Vincent montrent leur nez à la porte de la cuisine.

Qui sait réparer une machine à laver? Ni l'un ni l'autre naturellement.

– Moi, la cuisine, j'entre pas, remarque Vincent, j'ai peur.

Quant à J.-P, il fait judicieusement remarquer

que, s'il mouille ses chaussures, il va laisser des traces sur la moquette du salon. A éviter à tout prix.

L'âme en paix, les deux hommes retournent dans le living déguster une bonne vieille eau-de-vie de prune.

Pendant que vous épongez.

Vous les entendez discuter.

L'Homme de votre vie remarque que ces machines modernes, c'est toujours en panne. Vincent, humant avec délices l'arôme délicat de sa prune, approuve chaleureusement. Il se demande si on n'était pas plus heureux autrefois... quand on faisait les choses soi-même à la main... sans tous ces trucs... ces gadgets, ces excroissances d'une civilisation de gaspillage, etc.

Vous réprimez la violente tentation d'aller coiffer les deux philosophes de votre serpillière dégoulinante.

Dans un moment de découragement, vous appelez les enfants :

– Oh! oh! venez m'aider pour la vaisselle.

Les enfants (criant de leur chambre) : On n'a pas fini nos devoirs.

Et voilà. Vous épongez et puis c'est tout.

4

Le lendemain, à la clinique, vous vous accrochez au téléphone pour appeler le plombier au secours.

Devant votre table, un père discute violemment avec sa belle-mère au sujet du nom du bébé qu'il faut aller déclarer à la mairie.

La belle-mère est hors d'elle. Elle ne laissera personne prénommer cet enfant Georges. Le père fait remarquer qu'il l'appellera comme il veut. C'est son fils, non, quand même!

La grand-mère prend le ciel et vous-même à témoin que c'est aussi son petit-fils.

Très ennuyée, vous déclarez que vous ne voulez pas prendre parti. Le ciel, lui, fera ce qu'il voudra.

La dame vous traite d'hypocrite et tente de rattraper son gendre qui file vers la sortie.

— Et si on appelait cet enfant François?

— Des clous! crie le gendre.

Pendant ce temps-là, vous êtes toujours pendue au téléphone avec le plombier qui ne répond pas. Ah si! Tout de même, ça décroche! Vous êtes sauvée!

— Allô, Plomberie Express? Ma machine à laver... heu... est en panne. Pouvez-vous venir...

Le plombier est visiblement en train de déjeuner. Des bruits de mastication parviennent jusque dans le creux de votre oreille gauche. Ce qui n'empêche pas le digne artisan de japper sans vous laisser le temps d'ajouter une syllabe :

– ... Marque de la machine?... Numéro de l'appareil?

Vous restez égarée. Depuis bien longtemps vous avez oublié la marque de votre machine. Quant au numéro, vous ne l'avez naturellement jamais su.

Vous entendez distinctement le plombier annoncer avec lassitude à sa femme :

– Encore une qui ne sait ni la marque de sa machine ni son numéro.

Il s'adresse à vous d'un ton écœuré :

– Le numéro est en dessous à droite.

Vous rétorquez avec précaution que vous n'êtes pas chez vous et qu'en fait (oh, mon Dieu, l'explication va être orageuse)...

C'est le moment précis que choisit un autre téléphone pour sonner. Vous priez le plombier de ne pas quitter (petit Jésus, faites que ce soit vrai) et vous portez le deuxième appareil à votre oreille droite.

Voix haletante d'une jeune femme affolée : Madame, je sens les premières douleurs! Toutes les cinq minutes et demie.

Vous priez la future mère de venir immédiatement à la clinique.

Mais c'est le plombier qui répond dans votre oreille gauche. Il est très en colère. Il-ne-peut-pas-venir-tant-que-vous-n'avez-pas-le-nu-méro-de-la-machine. – Ce-n'est-quand-même-pas-sorcier-à-comprendre. *-Le-numéro-de-la-machine!!!*

Vous entendez clairement la femme du plombier supplier son mari de ne pas s'énerver. Ce n'est pas bon pour son cœur. Le plombier hurle :

– Je ne m'énerve pas.

Vous attendez patiemment qu'il ait fini de déverser sa mauvaise humeur sur sa malheureuse épouse.

– Et d'abord toi, qu'est-ce que tu me fais manger là? C'est du bifteck de chameau, c'est pas possible

Dès qu'il reprend son souffle, vous réengagez la conversation. Vous le suppliez. Vous vous jetez à ses pieds (moralement mais c'est pire). Vous lui expliquez tout. Vous travaillez. Vous ne pouvez pas à la fois faire la vaisselle et votre job d'hôtesse-réceptionniste. Qu'il vienne vite, au nom du ciel.

Le plombier vous promet qu'il passera dans quinze jours.

Vous poussez un cri d'horreur. Plombier, saint Plombier. Vous ferez tout ce qu'il veut. Un cierge, une neuvaine, un pèlerinage. Mais c'est un cas d'urgence. Qu'il vienne immédiatement. Ce soir. Demain. La voisine a les clefs. Il regardera lui-même le numéro de la machine. Merci. Et avant que saint Plombier ait pu répondre non, vous raccrochez.

Huit jours plus tard, vous commencez à abandonner l'idée de voir à quoi ressemble un plombier à la maison lorsque le téléphone sonne à la clinique. Une voix mâle vous interpelle avec autorité. Vous réussissez à comprendre que c'est lui, saint Plombier, qui est là, chez vous, avec la voisine qui est en train de fouiner un peu partout. Merci, petit Jésus. Non. Saint Plombier ne peut pas réparer votre saleté de machine à laver à cause des Multinationales.

Bien sûr, vous savez que vous n'êtes pas très vive d'intelligence mais vous ne comprenez pas ce que les Multinationales viennent faire dans l'histoire.

Le plombier vous prend nettement pour une sous-alphabète. Il va vous expliquer ce que c'est qu'une Multinationale. Attendez qu'il s'asseye dans votre fauteuil près du téléphone. Vous y êtes. Bon. Pour votre petit lave-vaisselle américain, il faut commander une pièce en Yougoslavie à une usine qui, elle, travaille sous licence allemande. Il y en a pour des mois. Cela vous apprendra à acheter français et à vous méfier des Multinationales.

Vous raccrochez, accablée.

Tellement accablée que Marie, assise sur le bout de votre table, en blouse de médecin, tente de vous réconforter. Allons! on ne meurt pas d'un excès de vaisselle. Évidemment vous n'aviez pas ces problèmes quand vous étiez deux jeunes filles écervelées à l'Université. Marie vous demande affectueusement si ce n'est pas trop lourd à porter à la fois : un boulot et une maison. Elle fait le geste du géant Atlas. Le géant Atlas transbahutant le monde sur son dos n'est rien à côté d'une femme portant à la fois le poids d'une maison, d'un mari, de plusieurs enfants, d'un travail et tout et tout. D'autant plus que, malgré toutes vos petites annonces chez le boulanger, vous n'avez trouvé âme qui vive pour vous donner un coup de main pour le ménage. Dans votre quartier de banlieue ouest, pourtant cossue, personne ne veut venir s'exiler.

Vous avez bien essayé le coup de la jeune fille au pair.

La première était autrichienne, blonde et ne mangeait que des grosses pommes vertes Granny. Elle est restée trois jours. Le temps de s'apercevoir que le quartier Latin était à trente-sept kilomètres de chez vous et qu'à la gare la plus proche le dernier train passait à minuit.

La deuxième vous a donné les espoirs les plus longs. Une superbe Noire américaine, étudiante en sociologie, avec une coiffure afro qui a fait hurler de peur l'Homme rentré avant que vous ayez pu le prévenir. Vanessa l'a rassuré immédiatement : « Vous pas avoir peur. Moi pas manger l'Homme blanc. » Hélas, après avoir confectionné un merveilleux chili con carne aux piments rouges – qui a ravagé les estomacs de la famille pendant huit jours –, Vanessa s'est enfuie avec votre jean de satin noir et un orchestre ambulant.

A la troisième candidature, vous avez beaucoup hésité. Un étudiant hindou, de Pondichéry, délicieusement prénommé Socrate et fervent de yoga et de flûte traversière. Idéal pour garder les enfants. Hélas, c'est l'Homme qui n'a pas supporté Socrate et ses concerts, dans votre salon en compagnie de ses amis Platon, Démosthène, Agamemnon, etc. L'Homme a prétendu que la flûte traversière de Pondichéry l'empêchait de lire son journal sacré du soir. Adieu, cher Socrate. Depuis, vous avez abandonné toute idée d'être aidée dans la maison.

Vous espérez que les enfants sont assez grands pour se débrouiller tout seuls – et même mieux qu'avec vous –, entre la sortie de l'école et votre retour à la maison.

En fait, pendant que vous pariez aussi imprudemment sur la sagesse de vos chers petits, votre fils adoré est en pleine discussion d'affaires avec un autre gentleman de son âge.

Il s'agit d'échanger ses baskets contre un hamster femelle. Du moins supposé femelle. Car aucun des deux héros n'est capable de distinguer un hamster mâle d'un hamster femelle.

Julien est un peu embêté. Ses baskets sont neuves. Vous venez de les lui acheter. Il propose plutôt vingt francs. Quatre semaines d'argent de poche. L'autre garçon refuse. Julien propose vingt francs plus une très belle pochette plastique qu'il a piquée à sa sœur. Non. Le copain Alexandre reste inébranlable. Les baskets ou rien du tout. Julien a un dernier sursaut.

– Qu'est-ce que va dire ma mère?

(Ah! quand même!)

L'autre hausse les épaules. Il n'aura qu'à prétendre qu'il les a perdues, voilà tout. Votre fils adoré n'est pas rassuré pour autant. Il vous a déjà raconté qu'il avait égaré sa montre et son blouson. Il y aurait lieu de craindre que vous ne commenciez à vous poser des questions.

Hélas! Non! vous n'avez rien compris ni deviné et avez bêtement attribué la disparition des affaires de Julien à votre absence tutélaire. Ô mère aveugle. Ô parents stupides. Ô mémoire qui flanche. (Vous en avez fait autant quand vous étiez petite avec vos patins à roulettes et votre médaille de Première Communion.)

Quant à votre fille bien-aimée, elle n'est pas à l'étude mais dans une cabine téléphonique en pleine rue avec une dizaine d'autres garçons et filles agglutinés en une grappe joyeuse. Ceux qui n'ont vraiment pas pu entrer dans le réduit des P.T.T. se livrent à des grimaces monstrueuses derrière la vitre.

Un adolescent de seize ans tient le téléphone d'une main et, de l'autre, votre Olivia serrée contre lui. C'est Marc, et des ennuis pour vous bientôt.

Toute cette petite troupe est en train de se livrer avec ardeur aux joies de la blague téléphonique. Marc a été chargé d'imiter la voix d'un reporter de radio périphérique :

– Allô! Bonjour, madame, vous êtes en direct avec Europe 1. La question à 1 000 F est la suivante : prenez-vous la pilule?

La dame minaude au téléphone :

– Hi... Hi... c'est gênant... écoutez...

Dans la cabine, on commence à se tordre de

rire silencieusement. Olivia regarde Marc avec admiration. Ça, c'est vraiment des ennuis pour vous bientôt.

Marc (très à l'aise) : Pourquoi c'est gênant, madame?

La dame ne sait pas. Elle est partagée entre la gêne de répondre à une question aussi intime et le bonheur d'être en direct à l'antenne. Elle glousse. Puis se résigne à avouer. Non, elle ne prend pas la pilule.

Marc (avec une grosse voix de clown) : Mais c'est très mal, ça, madame. On va vous envoyer une plaquette d'essai! et puis, vous verrez, après... *la vie est bien plus marrante...*

Il raccroche tandis que la bande ravie sort de la cabine dans des explosions de rire. Il y a même un gros bouclé qui trépigne de bonheur.

Julien est rentré à la maison avec sa dame hamster en plus et ses baskets en moins.

Il est tranquillement couché sur votre beau canapé blanc avec aux pieds ses Clarks sales et aux oreilles les gros écouteurs de la stéréo de son père. Un disque tourne sur la très belle chaîne Hi-Fi à laquelle l'Homme tient tant.

Votre fils adoré dépiaute une tablette de chocolat qu'il mâchouille avec satisfaction. La vie est chouette.

Au pied du canapé, la dame hamster, Sidamia, grignote la moquette en compagnie de Marcel, l'énorme hamster mâle qui hante la maison depuis des années. Le projet de votre fils est simple : un élevage de hamsters. Celui des hamsters est clair : transformer votre moquette en dentelle à trou-trous.

Olivia rentre, encore folle de joie de son coup de téléphone. Forte de son droit d'aînesse, elle fait remarquer à son frère qu'il n'a pas le droit de toucher à la stéréo du Père.

Julien est furieux :

– Si tu parles, je parle.

Mais aucun d'eux ne parlera. Vous pouvez en être sûre.

5

Ça y est. La tuile. Ce matin, Julien vous a dit d'un air fendant, mais un peu inquiet tout de même :

– La directrice veut te voir.

Aïe, aïe, aïe! Il n'est rien qui vous rende plus malade qu'une convocation de l'école. Cela signifie que votre fils adoré travaille mal ou qu'il doit redoubler sa classe ou qu'on va peut-être même le renvoyer de l'école. Bref, de graves ennuis.

Vous en avez les jambes molles. Et puis, vous n'osez pas vous l'avouer, il vous est resté de votre passé d'écolière une peur terrible des directrices. Vous vous retrouvez à l'âge... que vous avez... avec les mêmes angoisses qu'à douze ans quand vous deviez affronter les remontrances de la maîtresse.

Vous vous précipitez à l'école, non pas tellement qu'il y ait urgence dans la convocation mais parce que vous ne pouvez pas supporter l'anxiété de ne pas savoir ce que la dirlo a donc à vous dire.

Vous n'êtes pas déçue. Mme Gaillon se montre très mécontente. Vraiment très mécontente. Elle vous a convoquée parce que Julien ne fait rien ce trimestre en classe sinon des bêtises et que, si ça continue, elle sera obligée de le faire redoubler l'année prochaine. Peut-être même ne pourra-t-elle pas le garder dans son école de petits génies. Et voilà, c'était bien ce que vous craigniez.

Vous vous tassez dans votre fauteuil comme si vous étiez grondée personnellement. Du reste, vous l'êtes. La directrice se montre particulièrement sévère pour vous : c'est à vous de surveiller les devoirs de votre fils, le soir, n'est-ce pas? et de veiller à ce qu'il ne remette pas des torchons de papier ornés de graffiti. Vous vous sentez affreusement coupable. Depuis que vous passez des journées harassantes à la clinique, en effet, vous n'avez plus le temps de vous occuper du travail des enfants en rentrant.

La directrice est enchantée. Elle a trouvé la coupable – comble de bonheur, c'est une mère – race que le corps enseignant en général apprécie peu (la mère est un animal qu'on voit trop ou pas assez, qui pose des questions idiotes aux réunions de parents d'élèves et écrit des mots d'excuse à tort et à travers).

– Depuis combien de temps travaillez-vous?

Vous avouez : trois mois environ.

– Tout s'explique, dit la directrice. Dans ce cas, nous allons faire passer à Julien des tests avec la psychologue.

Cette décision vous atteint comme une flèche en plein cœur. L'insinuation est claire. Votre enfant est traumatisé par votre absence. Néanmoins, vous acceptez la pancarte « Mère coupable » si ça doit éviter à votre petit garçon adoré de redoubler sa classe. Vous remerciez obséquieusement.

Au moment où vous allez sortir, la directrice vous rappelle doucereusement. Elle voudrait aussi savoir si vous vous entendez bien avec votre mari. Vous n'en revenez pas. C'est le genre de question que même votre mère n'ose pas vous poser.

Vous dites : Oui. Pourquoi?

Vous savez bien pourquoi. Le sous-entendu venimeux est clair. L'éternel problème de la culpabilité des parents vous est flanqué à la figure. Car, c'est bien connu, tous les problèmes des enfants viennent des auteurs de leurs jours. Les seconds se conduisent toujours de travers avec les premiers. Ils ne les comprennent jamais. Certains les punissent trop. D'autres pas assez. Il y a les indifférents, les trop aimants, ceux qui divorcent, ceux qui dévorent, ceux qui ne disent rien, ceux qui parlent tout le temps et même ceux qui s'aiment trop et dont le couple, paraît-il, porte ombrage aux chers petits. Vous craignez d'être dans la pire des catégories. La bourgeoise qui essaie de bien faire mais dont les bonnes intentions pavent l'enfer de l'inconscient de ses enfants.

Lorsque vous lui racontez l'incident, le soir, l'Homme est indigné. De quoi se mêle-t-elle, cette directrice d'école? (C'est vrai, ça. Comme d'habitude, vous imaginez avec quelques heures de retard les vertes réponses que vous auriez pu lui assener.)

En attendant, l'Homme désire vous prouver conjugalement ce soir cette belle entente. Cette façon de vous faire la cour vous amuse. L'Homme se penche sur vous dans le but évident de vous faire des cajoleries consolatrices qui ne vous déplaisent pas.

Vous êtes dans le salon et votre Seigneur, jouant les séducteurs, propose de mettre un peu de musique. Pourquoi pas? Sur sa chère chaîne Hi-Fi, avec des gestes soigneux, il pose le disque : « Souviens-toi de nos amours » de Serge Lama – que vous lui avez offert. Hélas! le disque est rayé. « Souviens-toi de nos z-a. Souviens-toi de nos z-a. Souviens-toi de nos z-a », glapit inlassablement le malheureux chanteur.

L'Homme de votre vie pousse un hurlement. Qui a osé toucher à sa chaîne Hi-Fi? Vous n'osez pas répondre. C'est sûrement votre fils adoré. Mais l'Homme ne l'entend pas de cette oreille. Il clame qu'il va se lever et aller réveiller cet enfant touche à tout pour lui donner une monstrueuse fessée. Hantée par la culpabilité des parents (toujours elle!), vous retenez le bras vengeur. Non, tout mais pas ça.

Le temps que vous calmiez le père, votre soirée de câlineries à vous est foutue.

6

C'est curieux comme les enfants éprouvent toujours le besoin de se confier à vous au moment précis où vous êtes le plus pressée. En mère moderne, consciente de ses responsabilités, ayant lu vaguement Freud dans vos journaux féminins, vous guettez infatigablement les confidences de vos chers petits. Vous essayez même de les provoquer. Vous tentez de vous montrer disponible au maximum, éperdument à l'écoute des problèmes qui pourraient tracasser leurs jeunes âmes. Mais les enfants ont l'air de s'en fiche gaiement. Ils opposent à votre fameuse « ouverture » un aimable et total mutisme jusqu'au jour où...

Ce matin-là avait pourtant commencé comme les autres. Vous étiez en train de préparer le petit déjeuner dans la cuisine avec la fébrilité qui est la vôtre depuis que vous devez nourrir quatre individus avant de partir vous-même à votre travail.

Votre fille bien-aimée est en train de tremper, dans son chocolat, des tartines qu'elle dévore plus vite que vous n'arrivez à faire griller le pain. Agressivement, les joues dégoulinantes de chocolat, elle réclame des sous pour la cantine.

Vous vous exclamez :

– Encore!

Olivia vous fait remarquer avec dignité qu'elle mange tous les jours.

Vous essayez de faire passer le café à toute vitesse dans la cafetière ultra-moderne que l'Homme et ses enfants vous ont collectivement offerte à la dernière fête des Mères. Mais le café refuse de passer à toute vitesse. Objets inanimés, avez-vous une âme? Oui, mais diabolique. Vous appuyez sur le piston comme une folle et vous manquez de tout flanquer par terre. Sur la table, vous avez préparé un vrai breakfast pour toute la famille. Vous avez lu dans vos chers journaux féminins qu'un breakfast complet est une bénédiction pour une petite famille. Vous êtes une bonne mère de famille. Votre devise : faire le mieux possible à en crever.

La voix de votre fils adoré vous parvient de sa chambre. Il n'y a plus de dentifrice. Zut! Vous lui criez de regarder dans la petite armoire. De très loin, vous parvient la réponse : ce dentifrice-là n'est pas à la menthe. Julien n'aime pas. Vous vous apercevez plus tard que, pour appuyer ses dires, il aura décoré le lavabo avec des festons de pâte rouge, verte et blanche.

Pour l'instant, c'est l'Homme de votre vie qui entre, hagard, dans la cuisine, en chemise, slip et chaussettes, portant un transistor qui égrène les informations. Cette tenue est loin de vous rappeler celle du Roméo de vos vingt ans mais enfin...

L'Homme prétend qu'il n'a pas dormi de la nuit. Vous lui faites remarquer qu'heureusement ça ne l'a pas empêché de ronfler.

Puis l'Homme s'assied tristement devant la table du petit déjeuner en trifouillant le bouton de recherche de stations du transistor. Les speakers se télescopent avec les mêmes informations déprimantes. L'Homme est morose. Il entame son lamento du matin :

– Tu entends? Quel con! c'est inouï. On se couche avec des cons. On se réveille avec des cons... Il n'y a pas de café ce matin?

Vous prenez largement votre respiration pour récupérer votre sang-froid et NE PAS lui jeter cette saloperie de cafetière à la tête. Depuis quinze ans que vous êtes mariés, l'Homme a eu son café tous les matins, à l'heure. Ou presque. Un matin de plus, vous le lui déposez, vlan! devant lui et vous vous précipitez vers le grille-pain. Ça y est. Il y a un toast coincé dedans. Vous essayez de le sortir avec une fourchette. Vous êtes tremblante d'énervement. Vous allez encore être en retard à la clinique. Voilà des années que vous essayez tous les modèles de grille-pain différents. Vous êtes prête à offrir une forte récompense à la personne qui vous désignera une marque où le pain ne se coince *jamais*.

Tandis que vous déformez votre fourchette dans les grilles du toaster, Julien entre à son tour dans la cuisine et annonce à la cantonade qu'il lui faudrait des baskets pour la gym.

Vous ne pouvez vous empêcher de vous écrier une seconde fois : « Encore! » Une petite lumière clignote à l'arrière de votre tête. Quelque chose vous tracasse mais vous n'avez pas le temps de chercher quoi. Vous penserez plus tard.

Julien marmonne une vague explication sur la disparition des baskets qui appartiennent comme chacun sait à la famille des objets fugueurs au même titre que les peignes, les crayons feutres et les ciseaux. (Vos ciseaux à ongles à vous ne disparaissent plus depuis que vous les attachez avec un ruban *cloué* à votre armoire à pharmacie. Ah! ah!)

Vous marmonnez n'importe quoi, du style : « Bon. Je verrai ça samedi. »

Implacable, votre fils adoré vous fait remarquer que la gym, c'est demain. Sous-entendu : vous devez vous débrouiller pour acheter une paire de baskets, pointure 32, avant ce soir. C'est tout.

De plus en plus énervée par votre retard et ne sachant plus très bien où vous en êtes, vous lui promettez de faire ce que vous pourrez. Maintenant, vous devez partir. Il faut que vous partiez.

Vous posez les bouts de toast récupérés dans

le toaster devant l'Homme et Julien et vous vous sauvez vers la porte, avec une ultime recommandation :

– A ce soir. Rangez bien tout.

Vous savez bien que personne n'en fera rien. Si, peut-être, une main déplacera sa tasse jusqu'à l'évier. Vous courez vers votre voiture. Vous la sortez du garage en marche arrière à toute allure sans rien érafler. Bravo! C'est le moment que choisit votre fille aînée bien-aimée pour taper à votre vitre. Qu'est-ce qui se passe? Vous freinez et vous descendez la glace. Et vous entendez les mots sacrés :

– Maman, il faut que je te parle!

Patatras!

Vous êtes vraiment très en retard. Est-ce que ça ne peut pas attendre?

Mais Olivia baisse les yeux. Butée. Elle refuse de répondre à vos questions confuses. Elle reste là, image du désespoir. Vous retenez un énorme soupir. Vous vous devez d'abord à vos enfants. C'est eux qui choisissent pour vous parler le moment qui leur convient et non pas le contraire. Tant pis pour les futures mères qui vous attendent à la clinique et pour votre remplaçante qui doit se mordre les poings en maudissant votre nom.

Vous dites à votre fille de monter, hop! dans la voiture. Vous la déposerez à son école. Vous ne serez jamais en retard que d'une demi-heure à la clinique. Vous redémarrez en trombe.

Assise à côté de vous, Olivia se lance dans une série d'explications auxquelles vous ne comprenez rien. Il en ressort néanmoins qu'un certain Marc est entré dans sa vie et qu'il y fait des dégâts.

Vous êtes un peu perdue : qui est Marc?
Olivia (comme une évidence) : Ben, Marc c'est Marc!

Vous réalisez tout à coup qu'il s'agit du premier amour de votre fille. Et vous faites celle qui a tout deviné, tout compris. Vous défendez ainsi le mythe de la femme intuitive, de la mère au petit doigt magique. En *fait*, vous avez autant d'intuition qu'une patate et votre petit doigt ne vous a jamais rien appris. Vous espérez que vous êtes un cas maudit de l'espèce féminine.

— Ah! Et qu'est-ce qu'il a fait, ce Marc?
Olivia (ton tragique) : Il a donné sa gourmette à Catherine.

Vous êtes soulagée. Vous aviez craint le pire.
Vous (avec une certaine légèreté) : Ce n'est pas très grave...

Mais Olivia est de plus en plus désespérée :
— Si, c'est grave. C'est un gage, tu comprends.

Un sourire vous vient aux lèvres. Mais vous jetez un coup d'œil sur l'héroïne et vous le reprenez. Vous réalisez que, pour elle, la situation est abominable. Vous avez envie de la prendre dans vos bras. Votre bébé blond et rose. Votre petite fille chérie. Votre adolescente aux gestes brusques. La voilà soudain plongée dans les horreurs de l'amour.

Vous vous efforcez de la consoler :

– Mais c'est peut-être pour te faire marcher!

Elle s'accroche, brusquement radieuse, à cet espoir :

– Tu crois?

Mais oui. Mais oui. Après tout, qu'est-ce que vous en savez?

Vous êtes devant le lycée. Olivia descend. *Vous* (tendrement) : Écoute, quand tu as quelque chose sur le cœur, tu m'en parles, hein? *Olivia* (l'air désabusé) : C'est pas facile, tu n'es jamais là.

Vous repartez. Un poignard dans le cœur.

Et ça y est. Vous l'auriez juré. C'est aussi les jours où vous êtes le plus en retard qu'il y a le plus d'embouteillages. Vous êtes coincée au milieu de conducteurs qui ont l'air de zombis abrutis à leur volant. Vous-même, vous êtes hébétée. Vous entendez les chères voix familiales, pleines de reproches, carillonner dans votre tête.

Voix de l'Homme de votre vie : Annie, où est mon costume gris? Encore au pressing? *Voix de votre fils adoré :* Maman, on n'a pas encore eu nos sous cette semaine.

Voix de votre fille bien-aimée (mécontente) : Les autres ont plus d'argent de poche que nous.

Pendant ce temps-là, votre regard vagabonde sur les conducteurs qui vous entourent et qui se livrent à diverses petites activités pour tromper leur attente. Les uns se nettoient le nez, les autres les oreilles, d'autres se curent les dents. Ils n'ont manifestement pas eu le temps de faire leur toilette ce matin.

Un étrange individu, la bouche tordue par d'affreuses grimaces, se tortille comme un ver en donnant des coups dans son volant. Vous êtes sur le point d'appeler un agent. Vous finissez par comprendre qu'il chante et danse au rythme d'une musique déversée par la radio de bord.

Quant à un conducteur, dans une Renault jaune citron devant vous, il a carrément décidé de se livrer au ménage complet de sa voiture. Ce qui consiste à jeter sur la chaussée un certain nombre de cochonneries : vieux journaux froissés, boîtes d'allumettes vides, débris de jouets d'enfants, cendriers pleins de mégots tapotés énergiquement contre la portière pour qu'ils soient bien vidés, etc.

Les voix familiales continuent de vous hanter :

Voix de votre fils adoré : Maman, n'oublie pas d'aller chercher aujourd'hui mes skis bleu hirondelle et mes moon-boots. (Mon Dieu! C'est vrai!)

Voix de l'Homme : Qu'est-ce qu'on mange ce soir? (Vous n'en savez vraiment rien.) *Voix d'Olivia :* Pas d'épinards, j'espère.

Voix de Julien : Ni d'endives. (Alors, quoi-quoi-quoi?)

Le conducteur, dans la Renault jaune citron devant vous, continue avec ardeur son grand nettoyage. Vous pouvez parier que c'est le genre de bonhomme qui n'a jamais enlevé un gramme de poussière chez lui. Mais là, il s'amuse comme un petit fou. Il balance même une bouteille de bière vide qui roule dans la rue.

Du coup, votre sang ne fait qu'un tour. Vous attrapez votre propre cendrier où traînent un peu de cendre et quelques vieux mégots (venus d'on ne sait où, étant donné que vous ne fumez pas vous-même!). Vous sortez de votre voiture. Vous vous dirigez vers la Renault et vous renversez gaiement le tout sur les genoux du conducteur complètement ébahi.

Puisqu'il a décidé que la rue lui servirait de poubelle, pourquoi ne décideriez-vous pas de déposer vos détritus dans sa voiture? A pollueur, pollueuse et demie, mon gaillard.

Le gaillard reste frappé de stupeur. Trop pour réagir. Vous en profitez pour filer. Aura-t-il compris? Ce n'est pas évident.

Vous êtes désormais trois quarts d'heure en retard. Vous décidez qu'il vaut mieux être une heure en retard que trois quarts d'heure. Ça fait un compte rond. Ce soir, vous resterez une heure supplémentaire ou même deux pour vous faire pardonner. Ou vous viendrez plus tôt demain matin (hum!).

Vous allez en profiter pour vous arrêter et récupérer les fameux skis bleu hirondelle, l'anorak et les après-skis moon-boots de Julien qui doit partir en classe de neige dans quelques jours. Vous téléphonez du magasin à la clinique pour prévenir.

La course expédiée, vous galopez dans la rue, titubant sous vos paquets, mais toujours poursuivie par les chères voix familiales. Les pythies grecques ne devaient pas tourmenter davantage l'esprit de leurs victimes.

Voix d'Olivia : Maman, tu m'as promis de m'accompagner chez le dentiste mercredi prochain. (Comment allez-vous faire?)

Voix du plombier : Mais, madame, je ne peux rien pour votre machine à laver. Je n'ai toujours pas la pièce. *Voix de l'Homme* (majestueuse) : Annie, n'oublie pas de passer à la banque. (Il ne peut pas s'arranger avec son propre comptable? Non.) *Voix de Julien :* Maman, on m'a fait ma cuti à l'école. Je dois pas me laver pendant trois jours. (Comme si ça changeait quelque chose.)

Voix de l'Homme : Annie! qui a pris mon rapport? (Personne)... Je suis sûr de l'avoir posé là... Tu l'as encore rangé dans tes journaux de bonne femme. (Ton rapport est au bureau.)

Vous entrez comme une folle dans la clinique, manquant d'éborgner un des infirmiers antillais avec vos skis bleu hirondelle. L'infirmier, mi-indigné mi-amusé, vous demande si « vous vous c'oyez au Val d'Isè'e ou quoi »?

Votre remplaçante est à son poste, derrière la table. Elle se lève comme un ressort furieux, à votre vue. Enfin, vous voilà. La perspective de récupérer une heure (pardon, deux) ne l'a pas radoucie.

Vous posez vos skis quelque part, faisant tomber quelque chose. Et vous lui jurez de...

La remplaçante vous coupe. Elle ne va pas se mettre davantage en retard en écoutant le récit de vos malheurs. Elle les connaît par cœur. Elle a les mêmes.

Elle récite :

– Le 12, c'est une césarienne. Le 27, des jumeaux. Mme Bruel a téléphoné qu'elle arriverait avec quinze jours d'avance et il n'y a plus un lit de libre. C'est à vous de vous débrouiller.

Elle s'enfuit.

Vous vous asseyez à sa place sans avoir eu le temps d'enlever les moon-boots, qui pendent de chaque côté de votre épaule.

Un monsieur se précipite vers vous.

– Ça y est. C'est un garçon!

Vous : Bravo!

Le monsieur hésite et se penche pour vous chuchoter dans l'oreille :

– Comment ils sont, les autres?

Vous (ébahie) : Quels autres?

Le monsieur (dans un souffle) : Les autres... *bébés.*

Vous (comprenant enfin et rassurante) : Ils sont *affreux.* Tout rouges, chauves... fripés... Mais ne vous inquiétez pas. Ça s'arrange...

Le monsieur pousse un soupir de soulagement. Il vous remercie avec effusion et s'en va, rassuré.

La journée se déroule à un train d'enfer comme d'habitude. Le brouhaha est intense, l'agitation folle. Vous vous demandez comment

M. Debré ose parler de dénatalité en France alors qu'il vous semble que toutes les femmes françaises sont en train d'accoucher autour de vous.

Vers 5 heures, la vérité vous apparaît. Comme vous allez travailler une heure de plus, ce soir, quand vous rentrerez, les magasins seront fermés. Et vous n'aurez pas de pain pour le dîner. Vous songez pour la première fois de votre vie à demander à l'Homme de vous rendre ce petit service. Vous hésitez. L'Homme de votre vie n'a jamais acheté le pain. Peut-être une fois, il y a quatorze ans, quand vous étiez enceinte de votre premier enfant. Mais, d'un autre côté, vous n'osez l'imaginer sans sa baguette bien croustillante pour le dîner et vos enfants non plus. Tant pis, vous vous décidez et vous téléphonez à son bureau. Aïe, il semble que l'Homme soit en conférence. Vous auriez pu le parier. Néanmoins, sa secrétaire vous le passe.

Vous (d'une traite) : Est-ce que tu peux rapporter le pain pour le dîner ce soir?

L'Homme est si surpris qu'il pense avoir mal compris.

– Allô! Quoi?

– Est-ce que tu peux rapporter le pain pour le dîner ce soir?

L'Homme a l'air d'ignorer ce que c'est que le mot « pain ».

Vous songez à le lui épeler (en français – en anglais – en espagnol – en turc).

– Oui, le pain!

Ça y est. L'Homme a compris le mot « pain ». Il est très mécontent d'être dérangé pour une vétille pareille. Et vous fait remarquer pompeusement qu'il n'a pas que ça à faire. Il vous fait comprendre à mi-mot qu'il a devant lui cinq directeurs, dix-sept représentants suspendus à ses lèvres et qu'il dirige une société qui emploie trois cents ouvriers dont le sort dépend de ses décisions. Il a vraiment autre chose à faire qu'à aller chercher votre pain.

Vous approuvez chaleureusement. Vous savez parfaitement que le Chef est un monsieur très, très important qu'on ne dérange pas impunément. Mais malheureusement, ce soir, il y a cas d'urgence : pain ou pas pain.

Vous espérez donc qu'il aura l'immense gentillesse de rapporter une baguette à sa petite famille, tel le grand Chasseur préhistorique ramenant sa proie pour nourrir sa tribu. L'allusion au grand Chasseur préhistorique plaît à l'Homme (ça, vous auriez pu le parier). Vous l'entendez demander, d'un air important, à sa secrétaire son carnet de rendez-vous. Vous l'imaginez en train d'écrire « pain » sous la rubrique « Rendez-vous importants », ce qui lui permet de donner le change à l'assemblée qui attend dans un silence religieux que le chef ait fini de parler dans son téléphone rouge conjugal.

Du coup, une idée provocatrice traverse votre esprit diabolique.

– Prends aussi un kilo de farine. J'ai promis aux enfants de faire des crêpes.

Vous pouvez distinctement sentir le haut-le-corps du grand Chasseur préhistorique à l'idée d'acheter cette chose banale appelée « farine » (f.a.r.i.n.e.). Néanmoins.

Il lève les yeux au ciel et écrit « farine » en dessous de « pain » comme s'il s'agissait d'un double et lourd Secret de la Défense nationale. Puis il clôt la conversation du ton important de l'homme d'affaires en train de traiter un marché de quelques milliards de pétrodollars avec le Koweït.

– Entendu, je m'en occupe.

Craint-il que, pendant que vous y êtes, vous lui demandiez de rapporter des carottes ou de l'huile? Naturellement, si vous aviez su ce qui allait se passer, vous vous seriez bien gardée de déranger l'Homme dans ses activités de Grand Prêtre du Travail. Car l'Homme avait promis de ramener en voiture à son magasin, après la conférence, Karine, la redoutable et ravissante directrice d'Optimisme-Optique, le magasin de ventes le plus important des lunettes Lullibel.

Et l'Homme est bien embêté. Il ne peut pas avouer à cette créature sophistiquée et élégante que lui, le P-D.G. des lunettes Lullibel, doit comme un simple mortel acheter le pain et la farine pour sa petite famille.

Il roule donc désespérément en voiture avec sa compagne, cherchant à travers Paris une boulangerie et un tabac côte à côte. Ouf! Il a trouvé. Il annonce à la belle Karine qu'il doit s'arrêter une seconde pour s'acheter des cigarettes. Karine, charmante, propose les siennes. Non, non, merci, il doit aussi acheter des cigares qu'on ne trouve que dans cette boutique.

Et il sort précipitamment de la voiture. Il se dirige vers le café mais, après un coup d'œil sournois pour s'assurer que la dame ne regarde pas dans sa direction, il bifurque brusquement vers la boulangerie où il entre.

La boulangère n'a pas l'air aussi surpris que J.-P. le craignait de voir un homme dans sa boutique. Elle lui tend une baguette et va chercher la farine. L'Homme ouvre son attaché-case sur le comptoir de marbre. Une demi-douzaine de paires de lunettes noires en tombent. Il les ramasse et les enfouit dans sa poche droite. Puis il tente de faire rentrer le pain dans son attaché-case en compagnie de ses dossiers. Le pain est trop long et dépasse des deux côtés.

La boulangère aimable (et qui commence à s'amuser) :

– Voulez-vous que je vous coupe la baguette en deux?

L'Homme la lui tend et prend le paquet de farine qu'il tente d'enfouir dans l'attaché-case trop mince. La boulangère lui tend deux morceaux de baguette qui refusent de nouveau d'entrer dans l'attaché-case. A cause de la farine.

L'Homme ressort le pain (qu'il serre contre lui) et la farine qu'il enfonce dans sa poche gauche où le paquet fait une grosse bosse. Il pose les dossiers au hasard sur la caisse de la boulangère.

Puis il remet le pain dans l'attaché-case et les dossiers. Il ferme le couvercle qui résiste. Il appuie de toutes ses forces. Les serrures claquent enfin. Ouf!

Pendant ce temps, une file d'une douzaine de personnes s'est formée et attend impatiemment. L'Homme ressort accompagné de la réprobation générale.

Il remonte dans sa voiture et, jetant l'attaché-case d'un air nonchalant sur la banquette arrière, fait un petit sourire d'excuse à Karine :

– Je viens toujours dans ce bureau de tabac, on y trouve de très bons cigares.

Karine (époussetant d'un geste à la fois amical et moqueur les miettes laissées par le pain sur le costume de J.-P.) : En tout cas, ils laissent des miettes.

7

Votre grande ennemie dans la vie que vous menez, c'est la fatigue qui vous envahit de plus en plus. Vous avez l'impression d'être ballottée dans un train qui fonce à vive allure à travers des paysages appelés : mari, enfants, ménage, clinique, cuisine, téléphone, etc.

Les choses se mélangent dans votre pauvre tête. Quand vous êtes à la clinique, vous ne cessez d'être hantée par tout ce que vous n'avez pas fait à la maison. Quand vous êtes à la maison, la clinique vous poursuit, même dans vos moments les plus intimes.

Ce soir, par exemple, l'Homme est en train de vous embrasser dans le cou avec ardeur, voulant visiblement retrouver les plus beaux moments d'amour de vos vingt ans.

C'est cet instant que choisissent les fantômes des voix de la clinique pour tintinnabuler à vos oreilles.

Voix de femme (affolée) : Allô, la clinique Montségur? Madame, j'ai des contractions toutes les six minutes et quart, qu'est-ce que je fais?

Voix d'homme (accent arabe) : Allô, madame, tu sais si Mme Aïcha ben Larbi, elle a eu son petit?

Voix de femme (accent XVIe) : Allô, clinique Montségur? Pourriez-vous me dire si le 629, c'est une fille ou un garçon?

Vous ne pouvez pas vous empêcher de bâiller légèrement.

L'Homme, qui était en train de vous mordiller l'oreille, lève la tête et s'en aperçoit. Il est mécontent.

– Alors, maintenant l'amour t'endort?

Vous vous défendez. Pas du tout. Pas du tout. Simplement ce soir vous êtes un peu fatiguée.

L'Homme : Je ne sais pas si tu es fatiguée mais tu es bizarre. On dirait que tu es ailleurs.

Vous (précipitamment) : Mais non, mon chéri, je suis là, bien là.

Vous regardez le plafond. Les voix aussi sont

toujours là, insidieuses, bourdonnantes, obsédantes.

Voix de femme (exaspérée) : Allô, clinique Montségur? Ça fait une heure que j'attends. Je ne suis pas la maman du 12 mais la grand-mère des jumeaux du 46.

Voix d'homme (angoissé) : Allô, clinique Montségur? Ma femme est sortie. Qu'est-ce que je dois mettre dans le biberon?

Sans se douter qu'il y a tout ce monde autour de vous, l'Homme tente d'enlever votre chemise de nuit. Il s'aperçoit de votre regard vide. Il est indigné. Vraiment, vous êtes absente. Vous n'êtes pas à ce que vous faites. Est-ce que vous ne seriez pas en train de le tromper par hasard? Ciel! Vous voudriez bien être capable de le tromper. Hélas, vous n'êtes même pas en état de lever vos yeux sur un homme tellement vos paupières sont lourdes de sommeil!

Pour l'instant, vous vous demandez si vous n'avez pas tort de faire ce boulot de « con », comme dit l'Homme dans son langage direct. Après tout, pour ce que ça vous rapporte, ajoute-t-il aimablement! Tu ferais aussi bien de rester à la maison et tu te fatiguerais moins.

Il a raison mais vous êtes entêtée. Et puis, soyez honnête, vous vous amusez quand même plus à la clinique qu'en compagnie de vos casseroles du Creuset et de Mme Javel.

Bref, vous êtes coincée : travailler c'est la fatigue; ne pas travailler, la déprime. Vous êtes combien de millions dans ce piège?

8

Aujourd'hui, vous voilà devant un nouveau problème. Samedi prochain, c'est votre tour de garde à la clinique. L'idée de laisser l'Homme seul face à ses enfants toute la journée vous inquiète un peu. Vous téléphonez à votre mère avec l'espoir qu'elle pourra peut-être venir jeter un coup d'œil et par exemple présider le déjeuner.

Votre mère est chez elle en train de jouer au gin rummy avec deux copines du même âge et un vieux monsieur qui lui fait la cour depuis trente-cinq ans. Vous entendez, dans le téléphone, le brouhaha de ce joyeux tripot du troisième âge.

Vous exposez d'une voix humble l'objet de votre requête. C'est alors que la voix majestueuse de l'auteur de vos jours prend un ton de martyr que vous connaissez bien :

– Ma chérie, je suis contente de voir que tu te rappelles mon numéro de téléphone quand tu as besoin de moi...

Et pan en travers des moustaches! La petite pique, mi-douloureuse mi-venimeuse, est une spécialité familiale chez vous. Vous fermez les yeux d'exaspération et tentez d'expliquer pour la énième fois à votre mère chérie que, depuis que vous travaillez, vous n'avez plus une minute à vous.

Votre mère n'en croit rien, forte du principe qu'on a toujours une minute pour sa mère. Elle a raison en un sens. Et vous vous sentez coupable là aussi de l'avoir négligée. Elle le sait. Elle le sent. D'un air digne de Sarah Bernhardt jouant la mort de l'Aiglon, elle ajoute :

– Je ne te reproche rien, ma chérie, simplement je me sens très seule...

Vous l'imaginez jetant un regard éploré à la ronde sur l'assistance qui l'approuve en hochant la tête. Cette chère Marie-Jeanne est une sainte. C'est simple. Vous aimeriez bien l'étrangler.

Au lieu de cela, rassemblant votre courage et votre hypocrisie, vous glissez que justement, si elle se sent seule, elle pourrait venir s'occuper du déjeuner de ses petits-enfants, samedi, en votre absence. Vous remarquez clairement le petit silence qui suit votre hardie proposition.

Puis la voix de votre mère éclate, contrite mais sournoisement triomphante. Samedi, elle ne peut pas. Tout simplement, elle ne peut pas. Elle aurait « adoré » venir mais justement « samedi » elle doit participer à une marche silencieuse contre la centrale nucléaire de... (Elle cherche.)

Vous entendez le vieux monsieur souffler : Fessenheim...

Sarah Bernhardt est troublée :

– Fessen quoi?

– Fessenheim.

Oui, votre mère est vraiment désolée de ne

pouvoir vous rendre le service que vous demandez, mais Fessenheim c'est important. Son devoir de citoyenne est en jeu. Elle va marcher pour défendre votre avenir nucléaire et celui de vos enfants. D'autre part, votre mari ne reste-t-il pas à la maison le samedi? Il est sûrement capable de faire cuire un poulet pour ses enfants, non? Mais oui, bien sûr. Vous le jurez. Votre mère a l'air d'en douter. Elle a raison. Elle feint le remords, cherche ostensiblement à annuler ses engagements civiques, vous la suppliez de n'en rien faire. Mais si. Mais non. Bref, il faudra un quart d'heure pour l'assurer que son absence ne brisera pas votre vie familiale.

L'Homme est aussi de cet avis. Quoi? demander à votre mère... la célèbre Mme Fout-la-Merde? Sûrement pas. (Ses rapports avec l'auteur de vos jours ressemblent à une vendetta permanente.) D'ailleurs, qui a osé penser qu'il ne pouvait s'occuper de ses enfants un samedi? L'Homme est un père responsable, aimant, moderne et tout et tout, non? Du reste, vos chers journaux féminins mettent l'accent sur le fait que les enfants doivent être régulièrement confiés à la seule garde de leur père. Les rapports qui ne manqueront pas de s'établir en votre absence seront bénéfiques à tous, c'est certain. O.K.!

C'est donc mi-inquiète mi-rassérénée que, le samedi suivant, vous partez à l'aube, laissant une petite famille endormie. Vous avez acheté le poulet, préparé une tarte aux pommes, mis le couvert pour le petit déjeuner, etc. A Dieu vat!

Une heure plus tard, l'Homme dort comme un bienheureux.

La porte de sa chambre s'ouvre et un triangle de lumière lui éclaire violemment les yeux. C'est sa fille aînée bien-aimée qui rentre au pas de charge.

– Papa, t'es prêt?

L'Homme pousse un gémissement qui attendrirait un crocodile.

Mais pas Olivia. Elle ouvre les volets avec fracas.

Olivia : On y va, pour mes boots?

Le Père ouvre des yeux hagards.

– Quelles boots?

Olivia (implacable) : Maman a dit qu'on profite que c'était samedi pour m'acheter des boots.

C'est vrai. Vous devriez avoir honte. Mais, puisque l'Homme doit s'occuper de ses enfants, autant qu'il fasse quelques courses. Ce qui lui fera constater par lui-même à quel point la maison familiale est un gouffre d'argent. C.Q.F.D.

L'Homme endormi ne sait pas très bien ce que c'est que des boots.

Olivia s'assied sur le lit et entreprend de lui expliquer que des boots ce sont des bottes courtes et qu'il lui en faut une paire sans plus tarder. Il est déjà 9 heures et demie du matin. Elle et Julien ont déjeuné et sont impatients de vivre cette grande journée avec leur père.

L'Homme pousse un grognement désespéré.

Deux heures plus tard, le Père examine la vitrine d'un magasin de chaussures où sa fille chérie et son fils bien-aimé ont réussi à le traîner.

Tout à son rôle, le Père demande à Julien s'il n'a pas besoin de chaussures lui aussi. Le Père est, on le voit, plein de bonne volonté.

Mais Julien n'est pas du tout intéressé. Ce qu'il voudrait c'est cinq francs d'avance sur son argent de poche de la semaine prochaine.

Le Père fronce les sourcils. Est-ce qu'il n'a pas déjà donné cette avance avant-hier?

Julien est embêté... Heu... alors une avance sur la semaine d'après?

Le Père hésite puis, fataliste, sort son portefeuille. C'est sa journée : ça doit être une belle journée.

Julien part en trombe.

Le Père entre dans le magasin, d'un pas conquérant, avec sa fille aînée bien-aimée.

Mais, au moment où il s'apprête à expliquer à la minette qui sert de vendeuse ce qu'il désire, Olivia lui coupe la parole. Elle sait visiblement ce qu'elle veut. C'est simple. Des boots rouges style mexicain avec des talons hauts comme ça (geste montrant une bonne dizaine de centimètres).

Le Père est horrifié. Sa petite fille bien-aimée ne va quand même pas porter des talons à son âge.

Les yeux d'Olivia lancent des éclairs. « Toutes les autres filles en ont! »

Ça, c'est une remarque que vous connaissez par cœur et qui sert d'alibi N° 1 à vos enfants. Les autres. Les autres ont plus d'argent de poche. Les autres vont en week-end en bande. Les autres n'ont pas la déveine d'avoir des parents réac. sur les bords... etc.

L'Homme, qui n'a pas votre entraînement, fait remarquer que ce n'est pas sa faute si « les autres », les amies de sa fille, sont ridicules.

Aïe! vous n'auriez, vous, jamais osé faire une telle remarque.

Le visage d'Olivia ressemble à un château fort hérissé de couleuvrines et dont on vient de baisser le pont-levis.

L'Homme s'en aperçoit quand même. Il cherche un argument qu'il estime raisonnable. Les talons hauts, c'est très mauvais pour la colonne vertébrale. N'est-ce pas? Il s'adresse à la vendeuse qui porte elle-même, en guise de chaussures, des échasses qui la font ressembler à un berger landais. Elle a un petit geste indiquant qu'elle ne veut pas se mouiller dans la bagarre qui se prépare.

Olivia baisse farouchement la tête, butée. Le Père est embêté. Il n'a pas l'habitude d'affronter les volontés de sa fille aînée bien-aimée. Il essaye de plaider. Olivia, avec des talons pareils, ne va cesser de se tordre les chevilles. Olivia continue à bouder furieusement. Son visage est effrayant. Noir comme de l'orage. Le Père feint de se mettre en colère et déclare de l'air d'un héros de tragédie grecque :

– Ça suffit, ma fille. Il n'en est pas question.

Dix minutes plus tard, ils sortent tous les deux du magasin.

Olivia trébuche sur ses boots rouges mexicaines à talons de quinze centimètres de haut.

Pendant ce temps-là, Julien est en train d'acheter pour ses cinq francs d'argent de poche des crevettes vivantes qui sautent dans tous les sens sur le plateau du poissonnier du marché.

A peine ce dernier les lui a-t-il données dans une poche en plastique que Julien renverse les crevettes dans le ruisseau qui coule à ses pieds.

Le poissonnier se penche pour regarder la scène avec stupeur.

Le poissonnier : Pourquoi tu fais ça?

Julien (accroupi, regardant ses crevettes filer dans le courant) : Pour qu'elles retournent à la mer.

Votre Julien est non seulement écologiste mais poète.

Le poissonnier, qui n'a peut-être pas l'habitude de fréquenter des poètes à Rungis, le regarde avec inquiétude.

Pendant ce temps-là, vous, à la clinique, vous vous rongez les sangs. Pourvu que cette journée se passe bien. Naturellement, une fois de plus, vous vous sentez coupable. Votre place n'est-elle pas à la maison en train de vous occuper de votre petite famille?

Le conversation de deux futurs pères vous distrait un instant.

Le plus jeune est nerveux et agité. Visiblement, il attend son premier enfant.

Le plus âgé, confortablement installé (il a même enlevé ses souliers), lit un journal calé sur ses genoux.

Le premier au second (n'y tenant plus) : Vous avez déjà eu un enfant?

Le père plus âgé, sans quitter son journal des yeux (tiens, il vous rappelle l'Homme), lève les deux mains et fait le chiffre sept avec ses doigts.

Le jeune père est épaté. Il soupire :

– Vous en avez de la chance. Moi, c'est mon premier.

Le père plus âgé (avec un coup d'œil mi-ironique, mi-paternel par-dessus ses lunettes de presbyte). Arrêtez-vous là si vous pouvez.

La sonnerie du téléphone retentit.

Le plus jeune (se jetant sur vous avec fébrilité). C'est pour moi?

Non. C'est pour vous. C'est l'Homme. Ça y est. Il y a quelque chose qui ne va pas...

Pas du tout. L'Homme, au téléphone, a l'air faussement décontracté. Il vous appelait simplement pour vous dire que tout allait le mieux du monde. Du reste, pourquoi ça n'irait pas bien? C'est curieux. Et même insultant. Que vous ayez si peu confiance en lui.

Cependant, vous entendez nettement une sonnerie aiguë résonner dans le fond de la maison.

L'Homme (au téléphone, brusquement agité) : Excuse-moi... je suis très occupé.

Clac! Il vous raccroche au nez. Vous restez là à vous torturer la cervelle pour trouver ce que c'est que cette diablesse de sonnerie. Ça y est! C'est celle du four, indiquant que le poulet est cuit. Vous respirez mieux. Tout va bien. L'Homme a fait rôtir le poulet, la maison semble calme, vous aviez tort de vous inquiéter.

Non, vous n'aviez pas tort de vous inquiéter.

Olivia est en train de tenter de se maquiller, dans la salle de bains, avec toutes les affaires de maquillage auxquelles vous tenez tant et qui sont et resteront dans un désordre abominable.

Julien, enfermé dans sa chambre, découpe avec concentration la vieille veste de tweed bien-aimée de son père pour en faire un nid pour ses hamsters.

Quant à l'Homme, il est dans la cuisine en train d'essayer d'ouvrir la porte du four qui refuse énergiquement de se laisser faire. L'Homme a beau s'arracher les ongles, secouer le four, jurer. Rien à faire. La porte reste hermétiquement close et le poulet continue de tourner à l'intérieur d'un air moqueur.

Le téléphone résonne à votre standard à la clinique. L'Homme n'est pas content. C'est votre faute évidemment si cette saloperie de four refuse de s'ouvrir et de livrer son poulet.

Du reste, tout ce qui se passe dans la maison c'est de votre faute. Vous n'entretenez pas, avec suffisamment de soin, le matériel chèrement acheté par l'Homme et détérioré par votre maladresse.

Vous tentez de ne pas perdre votre sang-froid. Pour ouvrir le four, il faut enfoncer le bouton marqué O puis pousser le bouton noir à gauche des deux boutons rouges à droite.

Est-ce que l'Homme a compris? L'Homme grommelle.

Pendant ce temps-là, une dame très nerveuse, en face de vous, réclame le docteur d'urgence. Vous vous en débarrassez en lui jurant que le docteur va la recevoir dans cinq minutes, mais qu'au nom du ciel elle vous lâche le coude.

Vous reprenez votre conversation four-poulet avec l'Homme :

– Allô, tu as compris? Quelquefois, en effet, il arrive que la porte se coince. Alors, d'un coup sec tu la soulèves.

L'Homme n'a pas l'air convaincu. Enfin, il grogne qu'il va essayer. Il raccroche plutôt sèchement.

La dame a rejoint les deux futurs pères engagés dans une conversation passionnante où le plus âgé tente de faire profiter le plus jeune de son expérience.

Le premier au second (ton doctoral) : Les bouillies… je les ai toutes essayées. Dégueulasses. Peut-être celle au cacao mais rien ne vaut une vraie soupe de légumes frais.

Le père plus jeune écoute avec ferveur les conseils de l'ancien. Il est prêt à faire des soupes de vrais légumes tous les soirs pour son bébé. Ça lui passera.

Pour l'instant, ce qui lui fait peur, c'est de changer les couches d'un bébé en train de hurler.

Le père plus âgé a le rire de l'homme qui sait. Il ne faut pas s'en faire un monde. A l'aide de son journal à plat sur ses genoux, il mime l'opération « changement de couches – 1er âge ».

– Vous foutez la couche sur le lit, le môme bien à plat, vous rabattez un, deux, trois (il rabat son journal) et vous mettez l'épingle.

La dame (nerveuse, indignée) : Comment ça, vous lui mettez une épingle!?

Le père aux sept enfants : Vous lui mettez quoi, vous?

La dame : Ben, des couches avec du papier collant!

Le père aux sept enfants (avec un rire ironique) : C'est ça, dès qu'il pisse ça se décolle.

Là-bas, chez vous, le drame bat son plein.

En dépit de vos conseils, l'Homme n'a toujours pas réussi à ouvrir le four ni à arrêter la sonnerie qui est en train de le rendre carrément fou. De rage, il arrache un gros fil noir fixé dans la prise murale. Tout le système électrique vient avec. Vous n'aurez plus de four pendant trois mois. Puis il prend un tournevis et entreprend de dévisser la porte du four. Elle cède enfin. Il récupère son poulet brûlant qu'il saisit tant bien que mal avec un torchon et pose au hasard sur l'évier. Puis il remet la porte du four qu'il cale, on ne sait pourquoi, avec un balai. Il est en train de chercher où diable se trouvent les plats quand Olivia entre.

Elle porte les fameuses bottes rouges, un grand blouson américain avec le prénom IVAN brodé dessus et elle est outrageusement maquillée. (A noter qu'un sparadrap entourant le poignet gauche dissimule désormais le tatouage périmé de Marc.)

L'Homme la regarde avec stupéfaction. Où va-t-elle dans cet équipage? Olivia a l'air un peu embêtée. Elle va chez Catherine. Quelle Catherine? Comment, quelle Catherine? Mais son amie Catherine. Olivia prend un air outragé :

– Maman la connaît et elle est d'accord pour que j'aille chez elle.

Le Père est maté :

– Ah bon, si maman la connaît... (un peu surpris quand même.) Qu'est-ce que tu t'es mis sur la figure?

Olivia (froidement) : Moi? rien. Au revoir, papa.

Et elle file précipitamment.

Le Père reste seul pour le déjeuner avec son fils chéri. Il pose le poulet nettement desséché sur la table de la salle à manger en compagnie d'un énorme paquet de chips froides. Votre tarte aux pommes finira très bien ce festin.

Mais Julien ne l'entend pas de cette oreille. Il

commence par demander où est la sauce du poulet.

Le Père (un peu agacé) : Il n'y a pas de sauce.

Il attrape tant bien que mal le volatile pour le découper. Le poulet se défend sauvagement mais l'Homme est quand même le plus fort.

Julien (têtu) : Et il n'y a pas de frites non plus?

Le Père (de plus en plus agacé) : Il y a des chips.

Julien enfourne une chips dans sa bouche et la mâchonne sans enthousiasme.

Julien (en écologiste soucieux) : Dis donc, on dirait du plastique. Tu crois que c'est fait en usine? Maman, elle, prépare toujours le poulet avec de la sauce et de vraies frites.

Le Père (exaspéré, se débattant toujours avec l'animal qui n'a pas dit son dernier mot) : Ta mère n'est pas là aujourd'hui. Elle travaille...

Son ton en dit long sur ce qu'il pense de votre travail.

Julien (tout à son idée fixe, reprenant une chips) : T'as pas peur que ça nous rende malades?

Julien est sauvé de la colère du Père par le gong c'est-à-dire Vincent qui entre dans le living, tirant sa propre petite fille de six ans qu'en tant que père divorcé il doit promener tous les quinze jours.

Vincent et l'Homme ont décidé de passer ensemble ces moments inoubliables avec leurs enfants.

Vincent : Tiens, vous n'avez pas encore fini de déjeuner?

L'Homme (grognon) : Non, j'ai dû réparer le four. Tout est cassé dans cette maison...

Vincent et la petite Marlène s'installent en bout de table, face à un Julien qui mâchonne toujours tristement son poulet trop sec et ses chips caoutchouteuses.

Vincent (chuchotant à l'Homme avec un petit geste en direction de Marlène) : Qu'est-ce qu'elle a pu m'en faire voir au restaurant! Elle a refusé de manger tout ce qu'elle avait commandé.

De fait, la petite créature a l'air d'une vraie emmerdeuse. Pour l'instant, les yeux baissés, elle suce son pouce d'une main et de l'autre tournicote une mèche de cheveux. La journée promet.

L'Homme, fort de son expérience – il a deux enfants, n'est-ce pas? – essaye d'arrondir les angles et tend l'assiette de tarte aux pommes à Marlène.

L'Homme (ton de grande personne essayant de séduire une petite fille) : Tu veux de la tarte aux pommes?

La petite chipie ne daigne pas répondre. Elle continue de sucer son pouce et de tournicoter sa mèche de cheveux.

L'Homme, un peu vexé, repose sa tarte aux pommes.

Vincent se penche à son tour vers sa fille.

Vincent (à voix basse) : Tu veux pas... heu...?

Marlène garde un silence de marbre.

Vincent (chuchotant à nouveau d'un air gêné) : Il ne faut pas faire dans la culotte, hein...

La petite fille lève enfin les yeux, retire son pouce de la bouche et dit d'une voix claire et implacable :

– Je veux un éclair au chocolat.

Les deux pères se regardent atterrés.

Pendant ce temps-là, Julien continue à mastiquer ses chips, totalement indifférent à la scène. Les grands n'ont qu'à se débrouiller avec les enfants. C'est leur boulot.

Vincent (à J.-P. lâchement) : T'as pas ça, par hasard?

J.-P. (ennuyé) : Ben... non!!!... mais la tarte aux pommes est très bonne, je t'assure.

La petite fille reprend son attitude hostile, pouce, mèche, etc.

Vincent (humilié, à son copain) : Et merde! Laisse tomber.

J.-P. (essayant une dernière fois d'être aimable) : Si tu veux, tu peux monter dans la chambre de Julien.

Julien (qui est en train de tirer à lui sournoisement toute la tarte aux pommes, sursaute d'indignation) : Eh! oh! on pourrait demander au propriétaire.

L'Homme fait un signe implorant à Julien, signifiant : « Ah! je t'en prie, toi, n'aggrave pas les choses. »

Julien se lève et, passant près de Marlène, exécute un petit claquement du doigt dans le style « amène-toi ».

Imprévisible, déjà garce, Marlène saute à bas de sa chaise et lui emboîte le pas. Ils se dirigent tous les deux vers l'escalier.

L'Homme (découvrant une affreuse vérité que les pères souvent ignorent) : Ce que c'est chiant, par moments, les mômes!

Vincent approuve avec accablement. Et, profitant de votre absence, jette son mégot dans le pot de votre belle plante verte.

Les deux hommes entreprennent ensuite de débarrasser la table. Vincent entasse assiettes, verres et poulet en équilibre sur un plateau. Heureusement que vous n'êtes pas là pour voir. Vous auriez une attaque.

Dans la cuisine il y a un tel désordre que le plombier ne trouverait pas le chemin du lave-vaisselle.

Vincent (embarrassé par son plateau) : Où je pose ça?

L'Homme (un peu inquiet) : T'affole pas. Attends deux secondes.

Il se met à tout pousser sous l'évier dans un bruit infernal et n'importe comment. Aïe pour vos assiettes! Attention à vos verres! Pitié pour vos plats!

Vincent (tenant toujours son plateau à bout de bras – ton doucereux de celui qui vous veut du bien) : Dis donc, ça se passe bien pour ta fille.

L'Homme (surpris) : Qu'est-ce que tu veux dire?

Vincent feint la surprise à son tour. Il ne croyait pas gaffer. Il a simplement aperçu Olivia tout à l'heure, au coin de la rue, avec un garçon.

L'Homme (réagissant au quart de tour) : Un

garçon? Quel garçon? Un garçon comment, d'abord?

Vincent : Eh bien, un garçon de seize-dix-sept ans sur une mobylette rouge avec un blouson noir sur lequel est brodé un énorme ELVIS. Pas mal du reste (le garçon, pas Elvis Presley).

L'Homme en reçoit un coup au cœur. Non seulement sa fille vient de lui faire un bon gros mensonge, mais elle est en train de flirter à vingt mètres de lui avec un inconnu. On a beau être un père moderne et compréhensif, certaines choses sont difficiles à avaler du premier coup.

C'est à ce moment que retentit la voix stridente de la petite Marlène :

– Vite! vite! Venez voir!...

Merde! Qu'est-ce qui se passe encore?

L'Homme se précipite.

Vincent le suit après avoir posé son plateau en équilibre sur le bord de la table. Quand la porte claque bruyamment derrière les deux pères, la table vibre et le plateau tombe avec toute la vaisselle. C'est vous qui serez contente ce soir.

Les deux hommes montent quatre à quatre l'escalier en direction des cris.

Pour trouver Julien et Marlène dans la chambre de Julien en train de regarder... la cage des hamsters où grouillent non seulement Marcel et Sidamia mais six petits hamsters (le hamster basket était bien une femelle!).

Julien (fier comme s'il était le père) : Ils sont beaux, mes bébés hamsters.

94

Vincent (regardant ironiquement l'Homme) : T'es gâté.

Mais l'attention de l'Homme est attirée par... Il étend le bras et retire de la cage la manche de sa veste de tweed bien-aimée.

– Au nom du ciel, qu'est-ce que c'est que ça?

Julien préfère ne pas répondre directement. Heu...

L'Homme (dont la colère monte d'une façon inquiétante) : Est-ce que ça n'est pas une manche de ma veste de tweed?

Julien est embêté. Il marmonne faiblement quelque chose du genre :

– Mais-tu-ne-t'en-servais-plus.

Ce qui est un argument stupide. L'Homme, comme tout le monde, a ses vieux vêtements préférés qu'il ne porte plus mais qu'il garde jalousement dans son placard comme des reliques. La colère de l'Homme explose. Non seulement on le réveille à l'aube pour lui faire acheter des boots imbéciles, non seulement la porte du four est cassée, le poulet trop cuit, les chips immondes, non seulement sa fille roucoule sous son nez avec un fan d'Elvis Presley mais en plus on lui découpe ses propres affaires en petits morceaux...

La foudre tombe sur Julien. Une bonne gifle pour commencer. Ça soulage les parents. Et puis des menaces clamées à tous les échos. L'Homme en a ras le bol des animaux. Il n'en veut plus dans sa maison. Parfaitement. Il va les foutre en l'air. C'est ça. A la rivière, tous ces sales petits hamsters et puis l'écureuil de Corée et même Sido la couleuvre.

Julien éclate en sanglots.

Quand vous rentrez le soir tranquillement à la maison, vous n'en croyez pas vos yeux ni vos oreilles. Ce n'est pas le nid chaud et amical que vous vous apprêtiez à retrouver mais un enfer.

Etendu sur son lit comme un gisant à l'agonie, Julien sanglote toujours. Olivia, elle, hulule dans la salle de bains. A son retour, sans crier gare, le Père lui a frotté la figure avec un gant de toilette comme au plus beau jour de son enfance et le mascara mélangé avec votre Rubinstein coverfluid donne un affreux plâtras.

L'Homme continue de crier. Il a toujours eu d'excellents poumons. Qu'est-ce qui lui a donné des enfants pareils? Quand il vous aperçoit, la bourrasque se retourne contre vous. Tout ça, c'est votre faute à vous qui élevez si mal vos petits. Si vous n'aviez pas d'autre part, et en plus, ce travail imbécile qui vous éloigne de vos devoirs familiaux, les choses ne se passeraient pas ainsi.

Olivia, hoquetante, jure que la rencontre avec Ivan était fortuite et qu'ils allaient ensuite tous les deux chez Catherine. Elle n'a donc pas menti. Enfin pas complètement.

De toute façon, vous vous gardez bien d'aggraver la situation par des questions posées au mauvais moment.

Quant à Julien, enfermé dans ses sanglots secs, il ne veut rien dire à personne. Ni manger vos œufs sur le plat. Ni même boire un verre d'eau sucrée.

Vous donnez le verre d'eau sucrée au Père abattu à son tour (ses nerfs sont en train de lâcher) et vous couchez tout votre petit monde en espérant que demain sera un autre jour et que les choses iront mieux.

Mais vous êtes réveillée en pleine nuit par un hurlement de l'Homme qui vous glace le sang. Assis sur son lit, les yeux fixes, il crie :

– Il pleut! il pleut!

Comment ça, il pleut? Vous réalisez que l'Homme fait un mauvais songe. Vous le secouez. Oui, l'Homme est en plein cauchemar. Il a mis en fabrication la semaine dernière 150 000 paires de lunettes de soleil, pour l'été prochain, et il rêve qu'il tombe des Niagaras. Et qu'il est ruiné. Vous le bercez. On verra bien. Et vous allez lui chercher un deuxième verre d'eau sucrée avec un peu de fleur d'oranger Mességué. Ça ne peut pas faire de mal.

C'est alors que vous entrez de plain-pied dans le drame.

En passant devant la chambre de Julien, vous remarquez que sa porte est ouverte et la lumière allumée. Vous passez la tête, intriguée. La pièce est vide. Le lit est vide. Vous appelez doucement votre fils. Personne ne répond. Vous descendez l'escalier un peu vite.

Julien? Vous regardez dans les petits coins,

dans le living, la cuisine. Où vous apercevez une lettre sur la table. Mon Dieu! cela ne peut pas être possible. Vous n'oserez jamais la lire. Pourtant vous vous jetez dessus et vous la déchirez dans votre hâte d'ouvrir l'enveloppe.

« Ma chère maman, je pars. Je ne peux plus vivre avec papa. Et toi, tu n'es jamais là. Ne te fais pas de souci. Il n'y a pas de danger. Mes animaux et moi, nous allons vivre dans la forêt. J'ai pris mon sac de couchage et mon anorak. Donne mes stylos-feutres à Olivia. Je t'embrasse, maman. Julien. »

Vous vous mettez à hurler.

L'Homme descend précipitamment. Avez-vous un cauchemar à votre tour? Oui. Julien, votre petit garçon, a fait une fugue. Vous avez l'impression que votre cœur va éclater et que vous allez mourir sur place. Il faut vous ressaisir. Peut-être est-il parti tout simplement chez votre panthère grise de mère. Secouée d'un grand espoir, vous vous précipitez pour lui téléphoner en vous excusant de la réveiller à cette heure tardive.

Elle saute sur son ton de martyr habituel :

– Mais non, tu ne me réveilles pas. Tu sais bien que je ne peux pas dormir la nuit. Quoi? Julien est parti?

Ce qu'il y a de bien chez votre mère, c'est qu'elle garde sa fermeté d'âme dans les drames. Elle retrouve une voix calme pour vous dire que non, elle n'a pas eu de nouvelles de son petit-fils mais que ce n'est sûrement pas grave. Il doit errer dans le quartier. Vous n'en croyez rien. Vous sentez que vous allez devenir hystérique.

Heureusement, l'Homme est là et vous prend dans ses bras. Il *faut* que vous récupériez votre sang-froid. Oui, il le faut, si vous voulez retrouver votre Julien assez vite pour qu'il ne lui soit rien arrivé entre-temps.

Pendant ce temps-là, en pleine nuit, votre petit garçon roule dans la campagne française sur son vélo que vous lui avez offert pour ses dix ans. Il a juché tous ses animaux dans trois paniers sur le porte-bagages.

Des voitures le dépassent sans s'arrêter. Les conducteurs sont un peu surpris de voir un enfant si jeune dehors à une heure pareille mais quoi, si on s'inquiète de ce genre de choses, on risque des ennuis. Avec la police. Avec les parents. Avec je ne sais qui. Le plus simple est de ne s'occuper que de soi, sur cette terre.

Après avoir interrogé Olivia qui jure que Julien ne lui a rien dit (vous la croyez; elle a une petite figure chiffonnée par l'inquiétude, elle aussi), vous vous décidez à appeler la police qui va diffuser un avis de recherche d'urgence.

Pendant ce temps-là, le vélo de Julien a crevé. Il essaye de faire du stop, ses paniers à la main. Petite silhouette pathétique sur le bord de la route.

Un brave routier freine et regarde le spectacle avec une certaine surprise.

– Qu'est-ce que tu fais là en pleine nuit?

Julien ne répond pas et monte calmement à bord du camion avec ses paniers qu'il installe farouchement sur ses genoux et par terre. Le routier embarque aussi le vélo. Démarre. Mais aimerait quand même savoir ce que Julien fabriquait là tout seul, dans la forêt obscure.

Julien hausse les épaules. C'est la vie. Son père et sa mère ne l'aiment plus. Ils travaillent du reste toute la journée et, quand il les voit, c'est pire.

Le routier lui jette un coup d'œil. Il a probablement des enfants lui aussi et la remarque le touche :

– C'est pas parce qu'ils travaillent qu'ils ne t'aiment pas.

Mais Julien secoue la tête. Ils l'aiment tellement peu, ses sales parents, que son père voulait jeter Sido.

– Qui est Sido? demande le conducteur de l'énorme poids lourd.

Julien ouvre alors aimablement le panier posé sur ses genoux.

Le routier voit un serpent darder une tête curieuse. Il pousse un hurlement affolé. Nom de Dieu!

Deux motards, assis sur leur moto, regardent avec horreur le 35 tonnes d'un routier qui zigzague follement sur l'autoroute. Après un moment de surprise, ils s'élancent à sa poursui-

te. Le camion fait un tête-à-queue spectaculai-
re. Le routier jaillit de la cabine comme un
dément au moment où les motards arrivent. Il
se précipite sur eux.

Le routier (incohérent, aux motards) :... Dans
ma cabine (geste incompréhensible)... grand
comme ça. Vous comprenez, je ne me méfiais
pas... Un petit garçon avec des paniers... Moi, je
voulais simplement rendre service mais... (il
porte la main à son cœur). Il avait un immense
serpent.

Les motards le prennent visiblement pour
un échappé de l'asile...

– C'est ça! c'est ça! calmez-vous. Il avait un
ours aussi peut-être...

4 heures du matin. Au poste de contrôle de
l'autoroute. Vous entrez comme une folle suivie de l'Homme. Et vous apercevez votre tout
petit garçon adoré assis misérablement dans
un coin, entouré de son vélo crevé, de son sac
de couchage, de ses paniers, dont celui de Sido
qu'il tient toujours farouchement sur ses
genoux.

Il vous semble que votre cœur va éclater de
chagrin et de tendresse. Vous courez étreindre
votre amour. Vous le serrez de toutes vos
forces contre vous. Votre petit bébé se met à
pleurer. Vous aussi. Il promet de ne plus
recommencer. Vous le lui faites jurer. Jamais,
tu ne recommenceras. Non, maman, jamais.

9

Vous retournez chez le psychiatre vider à nouveau votre sac. La fugue de Julien vous a jetée à bas de votre petit cheval. Une fois de plus, vous culpabilisez. Tout cela n'est-il pas de votre faute? Pas de doute. Vous devez être disponible pour les amours d'Olivia, les devoirs de Julien, les angoisses de l'Homme, la solitude de Mme Fout-la-Merde, les S.O.S. des copines, etc.

Malgré un pincement au cœur, vous avez décidé d'abandonner la clinique. Vous allez essayer de travailler chez vous en écrivant quelques articles à droite et à gauche que des amis voudront bien vous lancer comme un os à un chien en souvenir du temps où vous étiez une bonne journaliste. Et puis, vous pourriez peut-être écrire un livre. Si vous en étiez capable, ce serait bien pour votre pauvre esprit malade, non?

Fidèle à sa technique, le psy ne répond pas.

Aujourd'hui, c'est sa coiffure qui le préoccupe. Il l'examine d'un air grave. La tête penchée vers son éternelle petite glace calée dans le tiroir. D'un geste brusque, à l'aide d'un peigne de poche, il se fait une raie sur le côté puis d'un autre geste brusque, hop, balance tous ses cheveux à gauche puis à droite. Etc.

Vous le voyez du coin de l'œil mais ça vous

est égal. Vous êtes trop absorbée à vous inter-
roger sur vous-même. Le bouquin, pourquoi
pas? Brusquement, une bouffée d'angoisse
vous étouffe. Vous criez :

– Vous comprenez, docteur. Il faut que je
fasse quelque chose sinon je vais crever. Je vais
crever, docteur!

Vous vous retournez carrément.

Le psy sursaute affolé et, dans un geste de
gamin surpris, repousse le tiroir où il se coince
les doigts. Il pousse un glapissement. Bien fait!
Ça lui apprendra à ne pas vous écouter. Mais
qui écoute qui, ici-bas?

10

Quelques mois plus tard, par une belle soirée
de mai, vous êtes dans votre lit, en train de lire à
l'Homme de votre vie le manuscrit du livre que
vous venez de terminer : *La Femme engourdie*.

Vous déclamez avec flamme des pages qui
vous semblent exaltantes sur des problèmes
qui vous touchent de près. Il vous semble
qu'aucun écrivain n'a mieux cerné que vous le
drame de la femme au foyer.

Malheureusement, en tournant légèrement
la tête, vous vous apercevez que les yeux de
l'Homme se sont fermés, sa tête dodeline légèrement, il étouffe un bâillement.

– Ça ne t'intéresse pas?

L'Homme se récrie. Pas du tout. Vous êtes folle. C'est passionnant.

Vous lui faites remarquer qu'il bâillait.

L'Homme en accuse la chaleur, un petit coup de pompe, les soucis que continuent à lui causer Alice et sa crèche pour les ouvrières mères de famille. Il vous prie de continuer.

– Sûr?

Mais vous êtes dévorée par l'inquiétude de l'artiste.

– Tu crois que c'est bien?

L'Homme vous assure que c'est formidable. Vraiment, vous avez écrit un livre épatant. Timidement, vous lui demandez s'il aime le titre : *La Femme engourdie*.

L'Homme prend le ton blasé de celui qui sait. Oui, oui, ce n'est pas mal du tout.

Vous reprenez votre lecture avec ardeur. Décidément, vous avez mis tout votre cœur dans ce livre. Vous êtes en train de décrire le cauchemar d'une femme qui rêve qu'elle dévore son aspirateur lorsque, dans un élan, vous tournez de nouveau la tête vers l'Homme.

Il dort comme un bienheureux.

Vous rangez votre manuscrit, un peu tristement.

11

L'été a passé.

L'Homme est en train de discuter avec

Karine dans son magasin, Optimisme-Optique. Karine brandit une énorme lunette de ski et un étui de cuir minuscule. Il y a un drame. Le nouveau modèle d'hiver, Soleil des Neiges, n'entre pas dans son étui. L'Homme est catastrophé : il en a commandé 250 000. Sans compter que, s'il ne neige pas, il est ruiné...

Dans la rue, un monsieur, l'air égaré, ne voyant visiblement rien, heurte violemment la porte en verre du magasin.

Il porte la main à son nez et de l'autre tâtonne à la recherche de la poignée. Il finit par la trouver. Et entre dans la boutique, bras tendus devant lui.

Le monsieur (visiblement angoissé) : Je suis bien chez un opticien? Vous vendez bien des lunettes?

Karine : Mais oui, monsieur.

Le monsieur (éperdu) : Parce que je viens de perdre les miennes. (Dans un cri d'angoisse :) Où êtes-vous?

Tandis que Karine vole au secours du client momentanément aveugle, l'Homme s'en va. Il faut noter, et c'est important, qu'il a de plus en plus tendance à rendre visite à Optimisme-Optique.

L'Homme marche dans la rue d'un pas pressé, son attaché-case à la main, regardant vaguement les magasins. Tout à coup, il s'arrête pile, fronce les sourcils, revient sur ses pas jusqu'à une devanture de librairie. Il reste perplexe quelques secondes, entre dans la boutique, ressort avec un livre, se précipite dans le café d'à côté où il se met à le feuilleter avec stupéfaction.

Au fur et à mesure de sa lecture, la surprise fait place à la fébrilité et à l'indignation. Il consulte la fin, revient au milieu, tombe sur une page qu'il lit d'un air atterré.

Le garçon s'approche de lui, intrigué par son manège.

– Et pour Monsieur?

J.-P. ne répond pas.

– Et pour Monsieur, ce sera?

L'Homme finit par lever la tête et regarde le garçon d'un air égaré.

L'Homme (à tout hasard) : Une bière.

Le garçon (décidé à l'emmerder) : Pression – bouteille – française – ou étrangère?

L'Homme qui a repris sa lecture à laquelle il est rivé comme un vautour à sa proie :

– Je n'en sais rien... Ce que vous voulez.

Le garçon (têtu comme une guêpe tournoyant autour d'un pot de miel) : Blonde ou brune, chère ou pas chère?

L'Homme éclate. Il veut une bière très blonde et très chère et qu'on lui foute la paix.

Le garçon s'en va écœuré.

Tandis que des nuées orageuses s'amassent dans un petit café parisien, vous êtes tranquillement chez vous, grimpée sur un tabouret, en train de laver à la bière les feuilles de votre caoutchouc géant. Vous chantonnez « Y a d'la rumba dans l'air » et, comme personne n'est là pour se fiche de vous, vous accompagnez votre air d'un coquin trémoussement de hanches.

Le bruit de la porte d'entrée claquée à toute volée vous fait sursauter. L'Homme. A cette heure-ci? Vous regardez machinalement votre montre une deuxième fois. Vous êtes stupéfaite. Que vient faire l'Homme au milieu de l'après-midi à ses foyers?

– C'est toi?

– Apparemment, répond l'Homme, peu gracieux.

Ce n'est pas une rumba qu'il y a dans l'air mais un typhon.

L'Homme se dirige vers vous et, arrivé au pied de votre tabouret, d'un geste emphatique, vous tend un livre. Votre livre. Vous en recevez un choc dans l'estomac.

– Où est-ce que tu as trouvé ça?

L'Homme réplique hargneusement que c'est chez le boucher. Vous comprenez, à ce trait d'humour aigre, qu'il est d'une humeur de chien. Aïe! Il va vous falloir beaucoup de diplomatie pour détourner la foudre que vous sentez gronder au-dessus de votre tête. Vous prenez un air surpris :

– Comment! Il est déjà sorti? (Puis lâchement :) On ne m'a même pas envoyé un exemplaire...

Mais l'Homme ne se laisse pas attendrir par votre dernière phrase prononcée d'un ton pleurnicheur.

– Tu aurais pu m'avertir. Ça aurait été plus gentil, non?

Il est fou furieux. Vous lui faites remarquer que vous avez essayé à deux reprises non seulement de le lui lire mais de lui en parler mais qu'il ne vous a jamais écoutée. A ce propos, si vous comptiez le nombre de fois où vous avez tenté d'avoir une conversation avec lui et où il vous a répondu, uniquement et définitivement, « Hon-hon », votre petite calculatrice de poche exploserait. Evidemment, vous voulez bien reconnaître – ça c'est pour éviter la scène – qu'avec tout ce qui se passe à l'usine l'Homme n'est plus dans l'Homme.

Mais votre Seigneur et Maître est hors de lui. C'est quand même insensé d'être obligé d'acheter le livre de sa propre femme. Il jette son attaché-case et son imper à la ronde. C'est-à-dire, comme d'habitude, par terre.

Vous jugez que le moment est venu de répondre à l'attaque par l'attaque, suivant le principe bien connu de Clausewitz qui avait dû être marié plusieurs fois.

– Pardonne-moi mais j'avais l'impression que ça ne t'intéressait pas.

D'un air digne, vous prenez votre livre sous le bras et vous partez vous réfugier d'un air tragique dans la cuisine.

Mais l'Homme vous suit, rageur. Et pourquoi ça ne l'intéresserait pas? Hein?

Vous êtes vraiment très embêtée. Vous vous demandez comment vous allez vous en sortir. Vous marmonnez que personne ne s'intéresse à vous dans cette maison.

L'Homme hausse les épaules.

Petit silence.

Vous risquez la question brûlante. Le Chef a-t-il lu le modeste livre de son humble épouse?

Oui, il l'a lu, enfin parcouru. Il veut bien reconnaître que c'est pas si mal dans l'ensemble. Mais il est surpris.

Surpris? Pourquoi?

Eh bien, il y a des scènes, heu, des scènes...

– Des scènes comment?

– Eh bien, des scènes disons érotiques.

– Et alors?

– Et alors? et alors? Qu'est-ce qu'on va penser?

Vous : Pourquoi? Ce n'est pas un roman autobiographique.

L'Homme (chafouin) : Les gens vont se demander où tu as trouvé tout ça.

Vous commencez à vous énerver. Quels gens d'abord? Sa mère qui ne sait pas lire? La voisine derrière sa haie? Son copain Vincent toujours plongé dans ses bilans? Vous n'en avez rien à foutre, d'autant plus que personne ne le lira, ce malheureux bouquin.

L'Homme (se mettant à crier) : Mais moi je l'ai lu. Et moi, ça me déplaît!

Alors là, vous savez qu'il ne vous reste plus qu'une solution : éclater en sanglots. Votre grand-mère le disait toujours. On ne discute pas avec un mari, on pleure. Vous fondez donc en larmes. Vous en avez marre. Dès que vous faites quelque chose, c'est mal. Quand vous ne faites rien, c'est pire. Il ne vous reste plus qu'à crever comme un vieux chien dont tout le monde se fout.

L'Homme (furieux) : Allons bon, voilà le bureau des pleurs qui est ouvert maintenant.

Mais sa voix manque de conviction. Comme d'habitude, vos larmes l'embêtent (merci grand-mère!). Elles lui donnent un sentiment de culpabilité (ah! chacun son tour). Sa colère commence à se dissoudre dans vos pleurs.

– Arrête de pleurer, nom de Dieu!

L'Homme vous prend dans ses bras. Il vous berce (c'est délicieux). Allons, il n'est pas si mauvais que ça, ce bouquin. Il est même très bien. Seulement, heu... L'Homme ne s'y attendait pas.

Vous reniflez dans sa chemise. Vraiment, il le trouve bon, ce petit truc que vous avez écrit?

L'Homme vous serre avec tendresse. Et avec une certaine fierté. Du coup, un ange chargé d'émotion passe. La main de l'Homme se glisse sous votre tee-shirt. Vous voilà partis pour la réconciliation. Ça va être exquis.

Cela aurait pu être exquis. Malheureusement, le téléphone se met à sonner au moment où le Seigneur, la chemise ouverte, est carrément en train de retirer votre tee-shirt.

L'Homme reprend instantanément son air de P.-D.G. très important. C'est sûrement l'usine qui le cherche partout. A cause de vous, faible femme, et de vos sottises de bouquin, il a oublié ses lourdes responsabilités patronales. Il vous prie de répondre qu'il n'est pas là, sauf si l'usine est en feu.

Vous foncez vers le téléphone. Allô?

C'est pour vous. Votre agent.

L'Homme est saisi. Quel agent?

Vous lui expliquez que, pour vos contrats, vous avez pris un agent littéraire. Ce dernier est en train de vous expliquer que votre livre est sorti. Oui, vous savez, merci. Votre Seigneur et Maître reste désemparé. Brusquement, il est un homme qui a une femme qui a un agent, qui signe des contrats, qui écrit des livres qu'on édite. Pendant ce temps-là, il est là comme un con en chemise. Il se rhabille furieusement.

– Qui c'est ce type-là, d'abord?

Voilà comment la jalousie vient aux hommes.

12

Tandis qu'un petit tourbillon vous emporte – le tourbillon qui entoure généralement la sortie d'un livre même modeste –, vous ne vous rendez pas compte que l'Homme de votre vie va vivre un enfer. Alors que vous croyez avoir écrit un livre confidentiel, le monde entier semble l'avoir lu ou vu dans le seul but d'en parler à votre mari.

A l'usine.

L'Homme et Vincent sont en train de se débattre avec une nouvelle machine à café installée dans un couloir – grâce à l'activité inlassable d'Alice. Cet appareil ultra-moderne semble doué d'une mentalité terroriste antipa-tronale.

Tantôt le gobelet de carton tombe de travers et le café coule à côté. Tantôt une dizaine de gobelets dégringolent en rafale mais aucun liquide ne coule. Tantôt rien ne vient sinon la pièce qui ressort avec un gling ironique.

Hors de lui, l'Homme donne une énorme claque à la machine récalcitrante. C'est bien connu, il faut taper sur les objets pour qu'ils marchent, ce qui prouve qu'ils sont non seule-ment diaboliques mais cabochards. De fait, l'appareil couine. Un dernier gobelet tombe. Mais pas de café. C'est évident, il le fait exprès. J.-P. annonce qu'il va avoir une crise de nerfs.

Vincent essaye à son tour. Il met une pièce. Rien. Ni liquide, ni gobelet, ni argent qui revient. Il remet une pièce. Miracle. Une bois-son bouillante noirâtre tombe dans le gobelet. Hourrah! Vincent le tend à l'Homme. C'est trop chaud. J.-P. exécute la petite danse rituelle de l'Homme qui se brûle les doigts, c'est-à-dire qu'il lève les pieds. Vincent l'imite.

Les deux hommes attendent que le liquide refroidisse. C'est le moment que choisit Vin-cent pour attaquer :

– Dis donc, il est formidable le livre de ta femme! (Surpris :) Elle a du talent.
J.-P. (roulant des mécaniques) : Ouais. Ouais. Elle se débrouille pas mal.
Vincent (la voix pleine de sous-entendus) : Et puis toi aussi...

L'Homme (surpris, qui n'a pas compris) : Comment toi aussi?

Le bon copain (ironique) : Eh bien, il y a des scènes... heu... dis donc...

J.-P. (sèchement) : Je vois pas ce que tu veux dire!

Il porte le gobelet à sa bouche et fait une horrible grimace.

– Qu'est-ce que c'est que ce café?

Vincent (goûtant à son tour) : C'est pas du café, c'est du chocolat.

Les deux hommes jettent leurs gobelets. Avant de s'éloigner, J.-P., pour se venger, décroche un coup de pied sournois et rageur à la machine qui émet furieusement un bruit de sirène d'alerte. Les employés sortent de leur bureau, croyant au feu.

Le P.-D.G. des Établissements Lullibel et son directeur s'enfuient lâchement.

La deuxième attaque vient du *bureau de tabac.*

L'Homme est en train d'acheter tranquillement son paquet de gitanes lorsque le buraliste, derrière son comptoir, le regarde brusquement sous le nez.

– Dites donc, c'est pas vous le mari de la dame qui vient d'écrire un bouquin?

Il faut préciser que votre photo figure au dos de votre livre et que les commerçants du quartier n'ont pas manqué de le remarquer dans la vitrine du libraire local.

L'Homme esquisse un sourire gêné et

acquiesce. Le buraliste est tout content : il a reconnu ses clients.

Le buraliste : Ah ben, bravo. On l'a lu avec ma femme. (Familier :) C'est pas mal, dites donc.

L'Homme : Merci.

Le buraliste (hochant la tête) : On se demande où elle va chercher tout ça.

La remarque ne plaît pas à l'Homme mais il s'efforce de rester aimable.

– Oui, on se demande.

De nouveau à l'usine.

Le P.-D.G. de Lullibel arrive à son bureau et trouve sa secrétaire en train de coller, sur de grandes feuilles de papier blanc, des articles sur votre livre, découpés dans la presse.

La secrétaire (enthousiaste) : Vous savez qu'on en parle partout. C'est formidable. Et puis il y a de très bonnes critiques.

Ah bon. L'Homme ne savait pas.

L'homme (grognon) : Dites-moi, il y a quelque chose dans le journal des lunetiers sur notre nouveau modèle Soleil des Neiges?

La secrétaire n'a pas eu le temps de s'en occuper.

L'Homme (mécontent) : Puis-je vous rappeler que vous êtes ma secrétaire, pas celle de ma femme.

Dans son dos, la secrétaire tire la langue.

Mais l'Homme commence vraiment à s'énerver le jour où une interview de vous passe inopinément à la télé. Manque de chance, à l'heure du dîner, à la fin des actualités.

Toute votre petite famille est là, qui ne se doute de rien (vous non plus, du reste), les yeux rivés au poste et mangeant comme d'habitude à tâtons.

L'Homme, sans tourner la tête, tend une main aveugle en direction de son fils en réclamant le sel. Les doigts de Julien hésitent çà et là à la recherche de la salière, la tendent vaguement vers la main de son père et la lâchent à côté.

Le Père n'est pas content :

– Fais attention, voyons.

Bref, l'atmosphère est tout à fait familiale et quotidienne lorsque le speaker annonce à la télé :

– Et maintenant, le livre du mois, la révélation de la rentrée.

Et vous apparaissez vous-même à l'écran.

Ce n'est qu'un hurlement chez vous.

Les enfants : Maman! maman! C'est maman!

Vous feignez la surprise et la modestie :

– Ah oui, tiens.

L'Homme (stupéfait) : Ben, qu'est-ce que c'est que ça?

Les enfants lui expliquent que c'est vous.

Ce qu'il a bien vu.

Vous exposez à votre tour que c'est une petite interview, mon Dieu, qu'on a faite voici quelques jours entre deux portes. Vous parlez précipitamment et très haut pour que personne n'entende la question stupide du journaliste : « L'écriture est-elle pour vous une compensation à un mariage malheureux? » Vous craignez que cette remarque ne déplaise à l'Homme.

Heureusement, les enfants en profitent pour annoncer à leur père que, cette semaine, il y a aussi votre photo dans *Week-end Tiercé.*

L'Homme leur demande comment ils savent une chose pareille.

Comment? Mais tout le monde en parle à l'école! Il n'y a que l'Homme pour ignorer que vous avez écrit quelque chose qui sera peut-être un best-seller.

L'Homme n'est pas content du tout – comme d'habitude – de ne pas être au courant. Il grogne, avec un geste de tête en direction de la télé :

– Tu pourrais me prévenir!

– Pourquoi?

Le Chef (pris de court) : Je ne sais pas... mais il me semble normal d'être tenu au courant.

Avec une certaine mauvaise foi, vous lui faites remarquer qu'il ne vous prévient pas quand il prend des décisions importantes à l'usine ou présente ses nouveaux modèles de lunettes à la presse.

L'Homme reste suffoqué. Il n'y a aucun rapport.

– Pourquoi?

Alors, l'homme avec un geste superbe :

– Mais enfin, je suis ton mari!...

Être le mari d'une femme, ce n'est pas la même chose que d'être la femme d'un mari. Evident.

Le lendemain, c'est la mère de l'Homme – qui n'en rate pas une – qui lui téléphone d'Angoulême à son bureau. Elle vous a vue à la télé, hier soir. Elle est toute frissonnante d'excitation.

L'Homme grommelle quelque chose sous sa moustache. Il commence à être franchement excédé par vos activités.

Votre chère belle-mère – qui est la reine de la gaffe – fait remarquer à son fils qu'il n'y était pas. Où ça?

Ben, à la télé. C'est dommage.

L'Homme est furieux. Il explose. Il n'avait rien à y foutre à la télé. Il travaille, lui. Il raccroche au nez de sa mère. C'est la première fois. Angoulême en parlera pendant six mois.

A peine s'est-il débarrassé de la pauvre dame qu'Alice frappe à la porte de son bureau. Elle entre, portant dans ses bras une pile de *Femme engourdie* qu'elle vient déposer, vlan! en grand désordre sur sa table.

Qu'est-ce que c'est que ça encore?

Des livres que les camarades voudraient que Mme Larcher leur dédicace. Alice est tout sucre et miel. Elle voudrait également savoir si Mme Larcher ne pourrait pas venir faire une conférence à la cantine de l'usine sur la Femme et sa Condition dans un Monde fait pour les Hommes.

Vous vous seriez bien passée de ce rapprochement avec Alice, non pour des raisons politiques (vous approuvez silencieusement son action pour la crèche), mais pour des motifs bêtement conjugaux. Vous êtes plutôt pour faire l'amour pas la guerre à la maison.

L'Homme félicite aigrement Alice. Elle sait donc parler en dehors de ses harangues syndicales.

Cette remarque ne plaît pas du tout à la représentante du comité d'entreprise. Elle rappelle sèchement au P.-D.G. des Ets Lullibel que le préalable de la grève pour la crèche expire dans cinq jours.

L'Homme explose. Il se lève comme un diable et pousse Alice vers la porte. Il en a assez. Les bonnes femmes à l'usine, les bonnes femmes à la maison, dans le métro, dans la rue, dans les embouteillages, au téléphone. Leur présence. Leur activité. Leurs revendications. Il n'en peut plus. Il ne peut plus les voir. Il devient fou. A partir d'aujourd'hui, à son usine, on n'embauchera que des hommes. Il claque la porte au nez d'Alice qui la rouvre :
Alice (suave) : Voyons, monsieur Larcher, vous n'êtes pas raisonnable. Vos bonshommes, vous seriez obligé de les payer au tarif normal. Soit 20 % de plus que nous.

Et toc!

Pour l'instant, inconsciente de la crise qui se prépare, vous vous réjouissez, bonne pomme, de la soirée que vous allez passer.

Tous les ans, pour fêter l'anniversaire de votre mariage, l'Homme vous emmène dans un restaurant style Maison de la Savoie. C'est là que s'est déroulé votre premier dîner d'amoureux.

Vous êtes installés, face à face, à une petite table. La lumière des bougies et l'atmosphère vous ramènent quelques années en arrière, plus exactement quinze ans.

Vous commandez une fondue comme vous le fîtes le jour béni où le coup de foudre ravagea vos deux cœurs.

En attendant, vous tendez à l'Homme de votre vie une petite boîte. Un cadeau pour lui. Vous espérez qu'il ne va pas se vexer du fait qu'il a totalement oublié d'acheter un cadeau pour vous.

Le paquet ouvert, l'Homme reste bouche ouverte comme un goujon asphyxié. Une montre-ordinateur. Son rêve! Il va pouvoir non seulement lire l'heure mais faire toutes les opérations les plus compliquées et même en faire garder les résultats en mémoire! Il vous remercie, extasié. Chérie, tu es un amour (mais oui). Toutefois, une idée le frappe :

– Mais c'est une folie! Tu as dû payer ça une fortune.

Vous (ravie de sa joie et bêtement vaniteuse) : C'est le premier chèque de mon éditeur.

L'Homme fronce les sourcils. Il ne fallait pas.

Vous en remettez, toute à votre gloriole :

– Bah, il y en aura d'autres. Le livre se vend bien.

L'Homme est un peu sec. D'habitude, c'est lui qui achète les gros cadeaux et vous vous contentez de lui offrir une cravate avec l'argent gratté sur l'argent du marché.

L'Homme (mi-figue, mi-raisin) : Tu sais que tu vas me coûter cher!

Ce retournement de situation vous laisse stupéfaite :

– Comment?

– Au point de vue impôts. Avec ce que tu vas gagner, je vais passer dans la tranche supérieure.

L'arrivée du garçon, apportant la fondue, vous sauve d'une discussion financière sordide en un si beau jour.

L'Homme n'arrive pas à ajuster le fermoir de sa montre. Il étend le bras pour que vous l'aidiez. Hélas, dans son geste, la montre, mal attachée à son poignet, glisse dans le poêlon de la fondue.

Consternés tous les deux, vous regardez votre merveilleux cadeau s'engloutir doucement dans le fromage bouillonnant.

Vous avez, la première, le réflexe d'attraper votre fourchette et de tenter d'arracher votre trésor à l'Emmenthal et Comté réunis. L'Homme vient à votre secours. Vous récupérez – au bout de vos piques – ce croque-monsieur d'un genre nouveau! Votre Seigneur et Maître est fou de rage. Il bougonne qu'il est un con de première classe. Qu'importe. Vous l'aimez.

Et lui?

Quoi, lui?

Est-ce qu'il vous aime?

L'Homme vous jette un coup d'œil méfiant. Il craint beaucoup ce genre de questions. Les « je t'aime », « tu es l'amour de ma vie », « je mourrais si tu me quittais » – qui sont musique céleste pour les femmes – lui apparaissent comme propos futiles et impudiques. Il est là. Il est votre mari. Il ne vous trompe pas (enfin apparemment). Le reste est (mauvaise) littérature (féminine).

13

En fait, cette montre-ordinateur au fromage va faire craquer l'Homme. Il devient tellement sombre et nerveux que vous croyez bien faire en l'envoyant chez votre psychiatre sous prétexte que vous avez des troubles personnels dont il serait bon que votre médicastre personnel l'entretienne. Car, bien sûr, l'Homme de votre vie est un animal fort qui ne saurait avoir de problèmes psychologiques. C'est bon pour les bonnes femmes.

En fait, à peine entré chez le psy, l'Homme commence à parler de ses propres problèmes.

Il est mal dans sa peau à son tour. Il n'a plus l'impression qu'il est le Patron, le Chef, le Seigneur et Maître, le grand Chasseur préhistorique. Il est devenu le mari consort d'une femme qui lui offre, crac! une montre d'un million, apparaît à la télé sans prévenir et prétend avoir, elle aussi, des déjeuners d'affaires. Le monde de l'Homme s'écroule. Tout fout le camp. Il se sent remis en question, battu en brèche, écrasé.

Est-ce solidarité masculine ou folie convergente? Le psychiatre abandonne ses dents et ses cheveux à leur sort et écoute son patient avec attention. Encouragé, l'Homme se laisse aller à des fantasmes insoupçonnés. Toutes ces femmes... elles nous regardent..., elles nous bouffent..., elles nous narguent.

Le psychiatre approuve en hochant la tête.

L'Homme (exalté) : Dans mon usine, dans mon bureau, dans ma chambre, il n'y a que des femmes. Je n'en peux plus.

Le psychiatre (se mettant à délirer à son tour) : Et moi?... toute le journée, là, sur le divan... des femmes, rien que des problèmes de femmes... Vous êtes le seul homme que j'aie vu depuis... (Il fait un geste désignant l'éternité.)

Il se lève brusquement, faisant basculer sa boîte qui tombe bruyamment. Des fiches se répandent par terre. Ses clientes ne s'en remettront jamais.

L'Homme (cri d'angoisse) : Qu'est-ce qu'on peut faire?

Le psychiatre (autre cri d'angoisse, les bras tournoyant dans le vide, le visage secoué de tics) : Rien, monsieur. Rien. Nous sommes condamnés.

La porte s'ouvre. Apparaît une charmante infirmière qui se précipite vers le docteur avec un verre d'eau et une petite pilule qu'elle lui fait avaler avec la fermeté de l'habitude.

Il est temps que votre psychiatre aille à son tour consulter un autre psychiatre.

14

Toute votre jeune célébrité n'empêche pas votre machine à laver le linge de tomber en panne pour la cinquième fois en quinze jours. Vous supposez que même les femmes les plus célèbres, Indira Gandhi ou Golda Meir, tout en dirigeant des gouvernements indociles et des armées de fiers guerriers, doivent dans le même temps faire face à d'irritants problèmes de plomberie.

Une fois de plus, le plombier arrive donc chez vous, accueilli par la voisine (à qui vous avez offert votre livre avec la dédicace la plus obséquieuse). Vous avez dû vous absenter cinq minutes chez l'épicier.

La voisine (au plombier) : Depuis que vous avez réparé la machine à laver le linge, elle marche.

Le digne artisan est mécontent. Pourquoi le dérange-t-on si la machine à laver marche?

La voisine explique que, lorsqu'elle dit que la machine à laver marche, ça veut dire qu'*elle se déplace.* Elle a même traversé la cave en arrachant les tuyaux et tout le sous-sol est inondé.

Le plombier lève les bras au ciel. On n'a jamais encore, de mémoire de plombier, entendu parler d'une chose pareille. Il n'y a qu'à vous que ça arrive.

La voisine s'enfuit chercher ses gosses à l'école, laissant le digne artisan qui connaît les lieux – ô combien! – travailler.

Le plombier descend l'escalier à la marinière, c'est-à-dire à reculons. Glisse. Et tombe dans dix centimètres de flotte.

Il hurle des choses diverses et désobligeantes. Il en a assez de venir dans cette baraque toutes les semaines. On veut sa mort. Quand ce n'est pas la machine à laver le linge qui est en panne, c'est le lave-vaisselle. Quand ce n'est pas le lave-vaisselle, c'est le truc à sécher le linge. Quand ce n'est pas le truc à sécher le linge, c'est le lavabo qui est bouché, etc.

Le plombier lève le poing vers le ciel, se relève, retrousse furieusement ses bas de pantalon et commence à tripoter les robinets.

C'est le moment que choisit votre éditeur pour sonner à la porte. Personne ne lui ouvre. Il tourne le bouton. Il entre. Il vous appelle d'une voix doucereuse.

– Houhou! Annie? C'est votre cher éditeur.

Le plombier, entendant un vague bruit, crie qu'il est là.

L'éditeur est intrigué. Il croit que c'est vous, bâillonnée par des voleurs probablement, au fond de la cave.

M. Rossi (toujours mondain) : Où êtes-vous?

Le plombier (la voix étouffée par une clef de douze qu'il tient entre ses dents) : Ici.

Cinq minutes plus tard, lorsque vous arrivez au pas de course, traînant douze bouteilles de Perrier que vous êtes allée chercher en dernière minute, vous vous trouvez devant un spectacle stupéfiant.

Sortant de la cave, votre plombier et votre éditeur, l'un soutenant l'autre gémissant et trempé.

Vous restez saisie.

Puis tout s'explique : l'éditeur a glissé à son tour dans l'escalier diabolique et atterri dans l'inondation.

Le plombier guide l'Homme des Livres vers le beau canapé beige clair qui fait votre fierté et sur lequel vous interdisez à vos enfants de s'asseoir. Vous tentez de vous interposer. Trop tard. M. Rossi s'y est assis. Votre canapé est trempé à son tour.

Vous croyez néanmoins poli de vous enquérir de l'état de l'accidenté. Celui-ci, comme tous les hommes, se croit mourant au moindre bobo. Il vous répond d'une voix gémissante. En fait, il n'est pas blessé. Simplement, sa glissade l'a traumatisé (peut-être à vie). Le pauvre homme n'a pas l'habitude de tomber dans les caves inondées de ses auteurs. De plus, son costume est mouillé et la télévision doit arriver d'un instant à l'autre pour une interview. Vous proposez obligeamment de lui prêter une veste de votre mari.

– C'est pas tout ça, dit le plombier, qui s'en fiche, mais moi j'ai du boulot. (Il se tourne vers vous.) Bravo pour l'inondation!

Son ton insinue nettement que c'est vous qui, par sadisme, avez provoqué le drame. Une cliente catastrophe comme vous, il n'en a qu'une et c'est bien assez.

Pendant que vous vous débattez avec un plombier hargneux et un éditeur trempé, l'Homme de votre vie, lui, est en train de regarder avec stupéfaction par la fenêtre de son bureau...

Dans la cour de l'usine, malgré le froid, toutes ses ouvrières sont assises par terre. Certaines sont enveloppées de couvertures. Elles ont amené leurs enfants qui courent alentour en piaillant comme des martinets.

L'Homme n'en revient pas.

– Qu'est-ce qu'elles font là? demande-t-il à Vincent.

Vincent : Un sit-in.

J.-P. : Un quoi?

Vincent explique. Les ouvrières manifestent pour leur crèche.

Debout, en haut d'un petit escalier, Alice harangue ses compagnes à l'aide d'un mégaphone :

– Camarades, il est temps de dire : « Ça suffit! » Voilà un an que nous réclamons une crèche...

Les ouvrières (scandant) : Une crè-che! Nous voulons une crè-che!

126

Alice : Les patrons veulent ignorer nos problèmes non seulement d'ouvrières mais de mères. Il est temps de les leur rappeler. La présence de nos enfants va les y aider.

J.-P. (se retournant vers Vincent) : Ça va durer combien de temps ce cirque?

Vincent (très calme) : Jusqu'à ce qu'on cède.

Tandis que le P.-D.G. des Ets Lullibel fait face à ses ouvrières mères de famille en colère, vous accueillez maintenant l'équipe de télévision venue pour vous interviewer. C'est un grand jour pour vous car ils vous ont fait l'honneur de se déplacer avec un car pour vous filmer dans votre chère maison.

En fait, ils ont l'air tellement méprisant que vous commencez à regretter d'avoir donné votre accord.

Vous êtes assise toute seule sur le divan, vous sentant l'âme d'une guenon au zoo. (Une guenon timide.)

En face de vous, la caméra sur son pied, autour de laquelle s'agite un étrange caméraman vêtu d'un costume de skieur en élastiss rouge et dont les cheveux sont ramenés en queue de cheval. Il s'en sert (de sa queue de cheval) pour dépoussiérer l'objectif.

Un peu plus loin, un preneur de son, assis sur un pliant, murmure tout seul dans son micro : « Ptt... ptt... ptt... Paris-Bordeaux... Paris-Bordeaux. » Cela vous surprend. Peut-être habite-t-il Bordeaux après tout.

Le journaliste chuchote avec la scripte, une

grande sauterelle recouverte d'un énorme manteau de fourrure de loup.

Ils vous jettent des coups d'œil complètement écœurés. Votre tête de brave pomme de ménagère concorde visiblement mal avec l'idée qu'ils se font d'un écrivain féministe.

Vous entendez distinctement le journaliste chuchoter à la scripte :

– J'ai perdu le résumé de son bouquin. De quoi ça parle?

La scripte fait un bruit de bouche significatif. Elle n'en sait rien. Elle s'en fout.

Vous vous tassez, encore plus misérable, sur votre canapé.

Votre éditeur, lui, est au téléphone. Il vous crie, surexcité :

– Mon petit, c'est formidable. Il y a cinq voix pour vous... Quatre pour Viber et une abstention. Au prochain tour, vous avez le prix. (Il se remet à chuchoter dans le téléphone :) Oui, oui, j'attends! j'attends!

Car, depuis trois semaines, une grande agitation règne dans la maison d'édition. Il paraîtrait que votre livre est bien placé pour obtenir le prix Féminin. Naturellement, vous n'en croyez pas un mot. Vous, Annie Larcher, le Féminin, c'est au-dessus de vos rêves les plus fous. Naturellement, M. Rossi vous a fait comprendre que, si vous aviez le prix, ce ne serait pas dû en aucune façon à votre seul mérite (oh non!) mais au fait que : a) il connaît x membres du jury qui lui doivent quelque chose, b) c'est son année à lui d'avoir un prix, c) pour l'instant, il n'a pas un meilleur poulain que vous sous la main. Hélas!

Bref, une petite cuisine dont vous êtes exclue et qui n'a rien à voir avec le mérite de votre littérature qui, comme chacun sait, ne vaut pas un pet de lapin.

Néanmoins, cette annonce électrise le journaliste. Il fait remarquer à la scripte que, peut-être, en fin de compte, ils ne se sont pas déplacés pour rien. Puis donne des indications mystérieuses au caméraman :

– Tu démarres sur moi, coco, en gros plan et puis tu passes sur elle...

(Elle, c'est vous.)

... Moteur!

Puis, micro à la main il prend brusquement sa voix mielleuse de présentateur célèbre :

– Chers amis, ce soir je vous présente en exclusivité sur TF4 la révélation littéraire de la rentrée, Annie Larcher...

Vlan! La porte d'entrée s'ouvre avec fracas. C'est l'Homme de votre vie qui rentre se réfugier chez lui, le dossier « crèche » sous le bras. Et reste stupéfait, sur le seuil du salon, de voir tout ce monde s'agiter chez lui.

Le journaliste (coupé dans son élan) : Merde! Coupez! Qu'est-ce que c'est que ça?

Vous expliquez, que « ça », heu... c'est votre mari bien-aimé qui revient chez lui... un peu plus tôt que d'habitude. A l'improviste, quoi.

L'Homme est furieux. Est-ce que, par hasard, il dérangerait?

Non pas du tout. Mais.

Le journaliste (à l'Homme, désinvolte) : Ah! c'est vous le mari? Tiens, je ne vous voyais pas comme ça. Enfin, tant pis. (Il se tourne vers la scripte.) On va recommencer avec lui.

L'Homme (à la cantonade, un peu grognon) : Est-ce qu'on pourrait m'expliquer ce qui se passe ici?

Vous (essayant d'avoir ce fameux air aérien dont on parle dans les romans) : Mon chéri, figure-toi... je vais peut-être avoir le prix Féminin.

L'homme (vous regardant avec une surprise insultante) : Toi?

Vous (douchée) : Ben oui... moi...

Cri de l'éditeur dans le téléphone :

— Ça y est. On l'a! Nous l'avons!

Le journaliste (content de lui) : Je vous l'avais dit. J'ai le nez, moi!

La scripte (toujours aimable) : Bon. On n'est pas venus pour rien, d'accord.

L'éditeur raccroche le téléphone et se précipite vers vous :

— Chère amie, mon petit, ma découverte, bravo! Je suis fier et heureux pour vous, pour moi, pour nous.

Il s'approche de vous et vous embrasse, ce qui met l'Homme dans un état de rage épouvantable.

Vous vous dégagez de votre éditeur et vous tournez diplomatiquement vers votre mari :

— Tu connais M. Rossi, mon éditeur.

L'Homme (feignant de ne pas l'avoir reconnu) : Ah oui! c'est vrai. Bonjour, monsieur.

(Vous avez cru bien faire, il y a un mois, en organisant un déjeuner entre les deux hommes. Vous avez été obligée de faire la conversation pour trois.)

L'éditeur (toujours surexcité et qui n'a pas remarqué la mauvaise humeur de votre Seigneur et Maître) : Bonjour, bonjour, cher ami. Quel grand moment!

L'Homme n'a pas l'air de cet avis. Néanmoins, du bout des lèvres, il dit :

– Absolument!

Il a les yeux fixés sur la veste de l'éditeur. Il ne peut s'empêcher de remarquer :

– C'est amusant. Nous avons la même veste.

L'éditeur (calmement) : C'est la vôtre.

Le journaliste : Silence! On y va! (A votre mari et à l'éditeur :) Mettez-vous là tous les deux, sur le canapé autour d'Annie. Chacun d'un côté.

L'Homme a un geste de refus.

Le journaliste (autoritaire) : Ah! je vous en prie. On n'a pas le temps de discuter.

L'Homme maté s'assied.

– Ah bon.

Néanmoins, il se penche vers vous et chuchote dans votre oreille, en montrant l'éditeur :

– Pourquoi ce con a ma veste?

Vous (à voix basse) : Il est tombé dans la cave. Je t'expliquerai.

L'Homme (chuchotant toujours) : J'y compte bien! Qu'est-ce qu'il foutait dans ma cave?

L'explication va être dure, tout à l'heure.

La scripte (agressive, au journaliste) : Dis donc, on y va ou on y va pas? Parce que, Féminin ou pas, moi, je me tire à 6 heures.

Le journaliste : On y va! Silence!...

(Il a l'air doué pour crier « Silence ».)

Il se tourne vers son équipe :

– Moteur!

La scripte se précipite entre la caméra et vous avec une feuille de papier qu'elle brandit et sur laquelle elle a écrit quelque chose. Elle glapit d'un ton dédaigneux :

– Larcher. Féminin. 1re.

Le journaliste (reprenant son ton doucereux de commentateur chéri des sondages) : Chers amis, ce soir, je vous présente en exclusivité TF4 une inconnue brusquement célèbre, la lauréate du prix Féminin Annie Larcher. La voici entre les deux hommes de sa vie : son éditeur et son mari.

(Vous pouvez imaginer la tête de l'Homme d'être mis sur le même plan que l'éditeur qu'il ne peut souffrir!) Vous n'osez le regarder et fixez farouchement la caméra.

Vlan! De nouveau, le bruit de la porte d'entrée qui claque violemment. Petite voix de votre fils adoré qui crie :

– Maman! maman! j'ai une super-note en récitation!

Le journaliste (dont le visage se décompose

complètement) : Re-merde! Recoupez! Qu'est-ce que c'est encore?

Julien déboule dans la pièce et vient embrasser longuement et bruyamment son père et sa mère en fils bien élevé.

Vous essayez d'arranger les choses en le présentant au journaliste :

– C'est mon fils, Julien.

Le journaliste n'en a rien à foutre. Il demande d'un ton franchement excédé si toute la petite famille est là, au grand complet, et si on peut commencer à travailler sérieusement.

Vous n'osez pas révéler que votre fille Olivia est là-haut dans sa chambre et que le téléphone peut sonner à tout moment pour elle, de la part de John, son nouveau copain de cœur (tatouage sur la cheville).

Votre attention est attirée par une altercation entre votre fils adoré et la scripte.

Julien (pointant un doigt agressif sur l'énorme manteau de fourrure de la jeune femme) : C'est en quoi, votre manteau?

La scripte (surprise) : En loup.

Julien (avec exaltation) : Assassin!

La scripte, saisie, regarde votre fils avec stupéfaction par-dessus ses lunettes.

La scripte : Pardon?

Vous êtes effondrée sur votre canapé, entourée de l'éditeur qui tournicote avec son doigt un bouton de la veste de votre mari, de l'Homme qui le surveille en douce, du journaliste exaspéré. Vous essayez dans la pani-

que d'arranger les choses une fois de plus.
Vous (avec un sourire idiot) : Je suis désolée.
Mon fils fait partie du comité pour la protection des loups.
La scripte (minaudante) : Un écologiste!... C'est charmant!

(Elle prend une voix stupide et pince son manteau :) Mais ça, c'est un vieux loup qui est mort de vieillesse dans un zoo et m'a légué sa peau.
Julien (se retournant vers vous) : Elle me prend pour un crétin, celle-là?

Du coup, vous vous levez précipitamment et vous allez tirer votre fils par le bras en le priant de monter dans sa chambre et de rester tranquille jusqu'à la fin de l'interview.

Pendant ce temps-là, l'éditeur, comme on pouvait le prévoir, a arraché le bouton de la veste de votre mari à force de le tripoter.

Sans un mot, farouche, l'Homme tend la main. L'éditeur y dépose le bouton avec un mouvement d'excuse.

Vous revenez vous insinuer entre eux avec l'impression de vous asseoir sur une chaise électrique.
La scripte (s'avançant vers le journaliste en agitant ostensiblement sa montre) : Tu sais que, si on continue comme ça, c'est même plus la peine de commencer.

Quand on pense qu'il y a tellement de gens qui aimeraient passer à la télé. Pour vous c'est plutôt un cauchemar.

Le journaliste (égaré) : Par quoi je démarre? Je sais plus, j'ai un trou.

Il ne doit pas avoir l'habitude des familles françaises normales.

La scripte (hargneuse) : Larcher, les deux hommes de sa vie.

Le journaliste (reprend son sourire figé et sa voix de faux velours) : Voici donc Annie Larcher entre les deux hommes de sa vie : son éditeur et son mari. (Il fourre son micro sous le nez de l'Homme qui recule précipitamment)... (Vous avez craint un instant qu'il ne le morde)... Monsieur Larcher, quel effet cela fait-il d'être le mari d'une femme célèbre?

L'Homme (pris au dépourvu) : Heu... Bi... Ben...

Eh bien, ça va être votre fête ce soir.

L'interview est à peine finie que le téléphone sonne. Ouf! pour une fois vous avez de la chance. Vos nerfs sont tellement tordus d'angoisse que vous avez l'impression qu'ils ne se dénoueront jamais.

Ce n'est pas John qui réclame Olivia mais Vincent qui veut parler au P.-D.G. des Ets Lullibel. Ça y est, les ouvrières ont trouvé un local formidable pour leur crèche : le propre bureau du P.-D.G.

Celui-ci pousse des cris dans le téléphone.

Pendant ce temps-là, vous offrez à boire à l'équipe qui remballe. Vous entendez, avec horreur, le journaliste demander au caméraman de faire quelques plans de la maison pour

« rendre plus authentique » son interview. Vous n'osez pas vous interposer.

L'Homme est toujours au téléphone avec Vincent. Il est fou de rage.

L'éditeur s'approche de lui et, inconscient de son énervement, lui demande s'il en a pour longtemps au téléphone.

L'Homme (hargneux) : Deux minutes.

L'éditeur (pompeux) : Parce qu'il faut que j'appelle New York d'urgence pour les prévenir, pour l'édition américaine...

L'Homme raccroche.

L'éditeur se jette sur le téléphone comme un chien sur un os et commence à composer son numéro international.

L'Homme (un peu bêtement) : Ah! Vous appelez New York?

L'éditeur est condescendant. Que l'Homme ne s'inquiète pas, il sera remboursé. L'Homme est vraiment vexé. Il n'en est pas question. Lui-même appelle souvent New York, de chez lui, pour ses affaires.

L'éditeur (mondain) : Vous êtes dans quoi, exactement? Annie me l'a dit mais j'ai oublié.

On peut difficilement être plus désagréable.

L'Homme : Dans la lunette.

L'éditeur (qui s'en fiche) : Ah, comme c'est amusant!... Allô! Hello! (Il hurle.) Nous l'avons! We've got it!

Il tourne le dos à l'Homme qui s'avance vers vous. Hélas, vous êtes en train de rire bêtement avec le journaliste, ce qui agace votre mari. Il tourne les talons, direction l'escalier. Vous vous élancez. Si vous n'arrivez pas à le rattraper, vous en avez pour trois jours de scènes. Vous êtes stoppée net dans votre poursuite par le plombier. Vous l'aviez complètement oublié, celui-là.

Le plombier (vous bloquant implacablement) : Ah! Madame Larcher, j'ai pu réparer pour l'eau mais pour la machine, j'ai pas la pièce, une fois de plus. Je vous l'ai toujours dit : achetez français. (Il regarde par-dessus votre épaule.) Tiens, vous avez un petit buffet là...?

Vous ne pouvez faire moins que lui offrir à boire.

Toute cette agitation, sans compter le sit-in de ses ouvrières, a mis les nerfs de l'Homme de votre vie à rude épreuve. Il décide de se détendre dans un bon bain avec des sels moussants au tilleul.

Pendant que vous servez whisky et pastis à la ronde – personne n'a plus l'air tellement pressé de partir –, l'Homme se glisse dans l'eau chaude avec un long soupir de soulagement.

La porte de la salle de bains s'ouvre brusquement. Paraît la scripte. l'Homme est tellement saisi qu'il ne hurle même pas. Il tente simplement de ramener le maximum de mousse en camouflage des parties viriles de son individu. Mais la scripte ne le regarde pas. Elle est préoccupée. Elle a renversé du Bloody Mary sur son jean. Elle attrape une de vos serviettes qu'elle mouille et entreprend de nettoyer son pantalon taché. Puis elle lève les yeux et aperçoit la tête horriblement gênée de l'Homme piégé nu dans son bain.

La scripte (éclatant de rire) : Faut pas vous affoler. J'ai été mariée trois fois. Ils étaient tous bâtis comme vous.

Elle fait une chiquenaude amicale sur le nez de l'Homme et sort de la salle de bains, laissant votre Seigneur absolument mortifié.

Avec un râle, il attrape la douche à main et s'arrose la nuque et le haut de la colonne vertébrale pour calmer son système nerveux qui est en train de tomber en pièces.

La porte se rouvre. Paraît le museau noir du zoom du caméraman en train de filmer « l'authentique » de votre maison, comme le lui a recommandé le journaliste.

L'Homme, cette fois, pousse un hurlement de rage : « Non! » et dirige le jet de la douche vers la caméra qui disparaît prestement. La porte se referme en un éclair.

Pendant ce temps-là, dans votre living, le plombier et le journaliste sont étalés côte à côte sur le canapé, un verre à la main.

Le plombier (pérorant) : Vous comprenez, notre problème c'est le Marché commun. Les Allemands, les Italiens et les Hollandais, bientôt les Grecs, ils fabriquent tous leurs machines sans penser aux plombiers. Et nous, on a jamais les pièces et les clients ne sont pas contents.

Le journaliste (qui s'en fout) : Ouais... ouais!

138

Il se lève, abandonne le plombier à ses problèmes de plombier et se dirige vers vous qui êtes maintenant la proie de l'éditeur.

Ce dernier, à force de bavardage, vous a empêchée de rejoindre votre mari pour tenter d'adoucir son humeur. Vous savez pourtant par expérience que, plus vous laissez le temps passer, plus la colère du Maître sera forte.

Le journaliste vous salue. Il s'en va. L'éditeur vous rappelle que vous aussi vous devez partir.

– Où ça?

Comment où ça? Mais au cocktail donné en l'honneur de votre prix. Tous les journalistes vous attendent.

Égarée, vous demandez si vous devez vraiment vous y rendre.

L'éditeur est indigné. C'est la première fois qu'il rencontre un auteur aussi peu enthousiaste de recevoir un prix. A part naturellement quelques fortes têtes dont il chuchote le nom avec horreur. Il ne peut pas croire que vous, brave mère de famille française, fassiez partie de ce clan maudit.

Non. Vous, vous êtes simplement écartelée entre les obligations de votre célébrité naissante et votre rôle d'épouse attentive aux problèmes de son mari. Il s'est sûrement passé quelque chose à l'usine qui l'a bouleversé et il a besoin de votre épaule pour retrouver son calme.

Mais l'éditeur s'en contrefiche :

– Ecoutez. L'usine de votre mari, hein... (il a

un geste significatif que vous n'auriez pas attendu d'un homme si bien élevé). Ce n'est pas tous les jours qu'on a, vous et moi, le prix Féminin. Vous lui parlerez en rentrant.

En rentrant, vous risquez de trouver un mur de béton hostile.

Vous (à l'éditeur, disant n'importe quoi pour vous débarrasser de lui :) Il faut que je change de robe. Allez-y le premier. Je vous rattraperai.

Ouf! Ils sont tous partis (y compris le plombier avec votre livre). Vous êtes écroulée de fatigue dans votre salon dévasté. Vos enfants, surexcités, sautent autour de vous. Olivia est toute glorieuse d'avoir été filmée dans sa chambre. Julien, lui, n'a pas digéré l'affaire du manteau de loup. Il a tiré la langue à la caméra. (Vous pouvez imaginer le commentaire de TF4 : « Le fils de la lauréate du prix Féminin reçoit nos reporters avec une spontanéité dont nous ne pouvons que féliciter ses parents. »)

Vous êtes surprise du silence que garde l'Homme dans tout cela. Où est-il? C'est alors qu'Olivia vous révèle qu'il est sorti. Comment ça sorti? Olivia a un geste d'ignorance. Où diable l'Homme a-t-il pu filer? Probablement à son usine. Vous téléphonez donc à son bureau sur la ligne directe.

Vincent vous répond d'un air surpris. Non, le P.-D.G. des Ets Lullibel n'est pas là. Pourtant, lui, Vincent aurait bien besoin de sa présence. Il vous met au courant de la situation. Vous entendez distinctement le pauvre homme crier à quelqu'un :

– Attention, madame, ce bébé fait pipi sur un dossier...

Voix d'une mère (à la maternité majestueuse) : Tous les bébés font pipi, monsieur.

Vous raccrochez, abandonnant lâchement Vincent et ses ouvrières en lutte.

Vous êtes épuisée.

Les enfants poussent alors un cri :

– Papa! Voilà papa! Maman, regarde ce qu'il ramène...

Vous regardez au-dehors et vous apercevez un engin extraordinaire, une sorte d'énorme camion-roulotte que l'Homme est en train de manœuvrer devant le portail du jardin.

Vous sortez en courant avec les enfants et, au passage, vous apercevez le museau de la voisine qui observe la scène derrière la haie, avec une certaine surprise.

L'Homme descend de la cabine de son camping-car géant avec un air qui ne laisse présager rien de bon. Vous ne pouvez vous empêcher de lui demander à quoi va servir ce monstre à roues. Avec hauteur, il vous répond qu'il s'agit de sa nouvelle résidence. Puisqu'il n'a plus de chez lui. Comment cela, il n'a plus de chez lui? Qu'est-ce qu'il raconte? L'Homme vous vouvoie pour bien marquer la distance qui vous sépare désormais :

– Je raconte, madame, que je ne désire plus prendre mes bains devant les caméras de télévision.

Vous ne comprenez rien à cette remarque.

L'Homme ajoute avec amertume qu'il n'a plus non plus de bureau. Vous lui faites remarquer qu'il est fou.

– Non, madame, ulcéré... et exproprié par une bande de cons. Maintenant, si vous voulez bien me laisser, je vais m'installer.

Il se dirige vers la porte du « trailer » où il s'apprête à grimper.

Les enfants, fous de bonheur devant la dernière trouvaille de leur père, poussent des cris de joie et se précipitent à sa suite. Pincée, vous rentrez dans votre foyer au moment où le voisin traverse son jardin. Il jette un coup d'œil surpris dans votre direction. Vous pouvez parier que la voisine, hors d'elle, va se jeter sur lui pour le tenir au courant des événements étranges qui se déroulent chez vous.

Vous préparez le dîner de vos enfants d'une main tout en vous habillant fébrilement de l'autre. Puis vous les appelez d'une voix ferme : « Olivia... Julien... La soupe est chaude. »

L'Homme adore le bon potage de légumes brûlant et vous espérez que cet appel du fond des âges va l'émouvoir. Non, les enfants rentrent seuls, d'assez mauvaise grâce.

– Et nous, on pourrait pas s'installer avec papa?

– Le dimanche, répondez-vous, un peu sèchement.

Dans toute cette pagaille, où est passé votre prix Féminin?

Vous recommandez aux enfants de ranger

quand ils auront fini de dîner. (Compte là-dessus et bois de l'eau.) Et vous allez voir si vous ne pouvez pas faire la paix avec l'Homme.

Celui-ci est installé dans son camping-car américain, tel le Commandeur.

Sur une petite table en formica, il a disposé son dîner : une tranche de jambon dans un papier sulfurisé, deux œufs en gelée (tiens, vous croyiez qu'il les avait en horreur), une baguette de pain, une canette de bière, une banane, des assiettes-camping en carton, des couverts pliants de pique-nique, etc.

Quand vous entrez, il est en train de mordre dans une quiche lorraine froide avec une grimace de dégoût. (Bien fait pour lui!) Il vous regarde avec froideur. Vous et votre fabuleux ensemble de cocktail que vous avez acheté en douce la veille.

Un smoking noir qui a tout simplement une classe folle et que vous portez avec une immense écharpe de soie blanche. Vous espérez que l'Homme va en tomber muet de stupeur et d'admiration. Mais il se contente de lui jeter un coup d'œil par-dessus ses lunettes et de vous demander ironiquement si c'est Carnaval. L'Homme a le don de ce genre de remarques mordantes qui vous laissent d'autant plus désemparée que vous ne trouvez la bonne réplique – Paf! – que trois jours plus tard. Vous vous contentez de lui rappeler rageusement que vous avez quand même eu le prix Féminin aujourd'hui, nom d'un chien! que vous n'êtes pas la dernière des dernières et que vous devez aller à une grande réception donnée en votre honneur. Il s'en fout, d'accord, mais est-ce qu'il pourrait enlever son espèce de véhicule spatial de devant la porte du jardin pour vous laisser sortir, vous et votre petite voiture?

L'Homme mord dans sa tranche de jambon et rétorque avec insolence et provocation calculée qu'il ne peut pas : il a mis les cales.

Vous réprimez votre envie de lui enfoncer le reste de sa tranche de jambon au fond du gosier pour l'étouffer définitivement et vous répondez avec hauteur qu'il n'a qu'à aller au diable, lui et sa saloperie de camion. Vous prendrez un taxi. Vous lui demandez simplement, si ce n'est pas trop de bonté de sa part, d'aller jeter un coup d'œil, en votre absence, sur ses enfants. Merci.

Sans attendre la réponse, vous tournez les talons et claquez la porte qui se rouvre derrière vous. Bravo! Il sera obligé de se lever pour la fermer.

Quand vous rentrez, trois heures plus tard, raccompagnée par une attachée de presse, vous êtes épuisée par les baisers qu'une foule d'inconnus a déposés sur vos joues. Votre écharpe de soie blanche est marbrée de taches de graisse (vous supposez que la moitié des invités l'ont prise pour une serviette).

Et l'Homme semble dormir sans remords dans son camping-car noir et hostile.

Ce n'est pas drôle tous les jours d'être une femme écrivain.

15

Avec un entêtement qui en dit long sur sa rancune, l'Homme va vivre désormais enfermé dans son caravaning d'ivoire.

Il n'a pénétré dans la maison qu'en douce pour y faire des razzias de chemises. Vous supposez que son linge sale s'entasse chez lui et vous attendez avec curiosité de voir comment il va s'en sortir. Vous comptez que le problème du linge sale, qui est désagréable pour tout le monde, le sera particulièrement pour un bonhomme qui ne s'est jamais occupé de rien de ce côté-là. Mais il vous faut admettre que pour l'instant il se débrouille tout seul, ce qui est particulièrement exaspérant pour une épouse responsable comme vous.

Vous le voyez partir le matin à son bureau et rentrer le soir à la frontière de votre foyer, avec une régularité narquoise.

Les enfants passent avec enthousiasme une bonne partie de leur temps libre chez leur père et, naturellement, vous vous abstenez du moindre commentaire. Vous avez acheté un mégaphone pour les rapatrier chez vous à l'heure des repas et l'Homme un talkie-walkie grâce auquel il correspond avec son fils.

Vous supposez que vos chères têtes blondes jugent leurs vieux parents un peu dingos mais rudement amusants. Une ou deux fois, vous vous êtes glissée la nuit en chemise de nuit jusqu'à la forteresse de l'Homme dans l'espoir fou d'une réconciliation secrète. Mais le trailer était obstinément fermé à clef et vous n'en êtes pas au point de tambouriner, toute honte bue, à la porte de l'Empire du Seigneur et Maître mécontent.

Vincent, qui pratique avec maîtrise l'art de slalomer entre son meilleur copain et son épouse, vous informe que le P.-D.G. des Ets Lullibel a été obligé de lâcher pour la crèche. C'était ça ou un sit-in d'ouvrières tous les mercredis. Pour obtenir un local disponible, la direction a dû installer le bureau du comptable dans les vestiaires, les vestiaires dans l'atelier de soudure, l'atelier de soudure dans les stocks et la crèche dans le bureau du comptable qui est furieux et menace d'établir en retard les bilans de fin d'année.

Cela vous console d'apprendre que l'atmosphère est lourde également à l'usine.

Quinze jours plus tard, vous vous retrouvez pour une signature de livres dans un grand magasin à Bruxelles. C'est votre première signature de livres. Cela ne fait-il pas de vous un écrivain important?

Le grand magasin est bourré d'une foule fébrile qui court en tous sens. Vous êtes sagement assise au rayon librairie derrière une table surchargée de piles de votre bouquin. Vous êtes terrorisée. Quelle folle va bien pouvoir s'intéresser à votre œuvre littéraire? Et allez-vous êtes capable d'écrire une dédicace intelligente? Non.

Voix d'un speaker (s'élevant au-dessus du brouhaha, accent belge) : Aujourd'hui, aux Grands Magasins de Bruxelles, deux événements : au rayon librairie, Annie Larcher, prix Féminin, signe son livre, *La Femme engourdie*...

(Mon Dieu. C'est vous!)

... le cri de révolte d'une femme bourgeoise...

(C'est bien vous!!)

... Et à notre rayon soldes, deuxième étage, articles de plage, grande braderie de maillots de bain, chapeaux de paille, parasols, etc.

Si vous n'avez pas de clientes, vous pourrez toujours faire vos achats pour l'été prochain. Mais, ô miracle! plusieurs dames s'approchent, vous regardent sous le nez et, après une courte hésitation (vous les surveillez comme un pêcheur des ablettes dans un ruisseau), achètent votre chef-d'œuvre. Votre cœur bat follement. Un monde incroyable vous entoure maintenant. Des ménagères avec cabas et enfants, des curieux qui se bousculent pour venir vous voir, même un photographe qui vous mitraille. C'est la gloire.

A côté de vous, debout, le directeur du rayon librairie dispose au fur et à mesure les livres à dédicacer.

Votre première lectrice a un accent flamand prononcé :

– Vous mettez là : « Pour Madame Van-Der-Mat-ten-put. »

Ciel! Comment ça s'écrit?

La dame avec beaucoup d'assurance :

– Comme ça se prononce.

Voyant votre désarroi, le directeur vole à votre secours :

– Ecrivez-le sur un petit papier, madame.

La dame prend, d'un air mécontent, le bloc et le crayon que lui tend le directeur. Elle pensait être connue, elle aussi.

Une deuxième lectrice (aimable) : Pour moi, vous mettez juste : « A Minouche. »

Pendant que, obéissante, vous allez écrire « A Minouche » sur la page de garde, elle vous dit simplement :

– J'ai bien aimé tous vos livres.

Surprise, vous restez le bic en l'air :

– Mais c'est le premier!

La dame est surprise à son tour :

– Comment, vous n'êtes pas Françoise Dorin?

Ah non! Vous êtes désolée, mais vous n'êtes pas Françoise Dorin. Vous l'avez croisée un jour chez le coiffeur, c'est tout.

La lectrice est furieuse. C'est Dorin qu'elle voulait, pas vous. Elle vous arrache son livre, qui n'est plus le vôtre, des mains.

– Ce que c'est mal indiqué ici!

Et elle s'en va pour échanger votre bouquin contre le dernier de Dorin.

Mme Van Der Mattenput réapparaît.

Vous vous appliquez, en tirant la langue,

pour écrire son nom sans faute en ajoutant
« Avec toute ma sympathie » (vous trouvez
que ça fait assez chic. Qu'est-ce que met
Dorin?).

Pendant ce temps-là, les autres acheteuses
attendent sagement. Deux ménagères, à l'arriè-
re-plan, se hissent sur la pointe des pieds pour
mieux vous voir.

Première dame (à voix haute, à la deuxième) :
Qu'est-ce qu'elle vend, celle-là?

Deuxième dame (vaguement) : Des livres, je
crois.

Première dame (dégoûtée) : Bohh!

Elles s'en vont toutes les deux. Pas des
intellectuelles. Vous non plus d'ailleurs.

Tiens, un monsieur! Il se penche vers vous
avec l'intention évidente de vous parler confi-
dentiellement. Vous êtes obligée de vous lever
à moitié de votre chaise et de tendre votre
oreille vers lui.

Le monsieur (chuchotant) : Est-ce que vous
pourriez mettre « A mon grand ami Emile qui
m'a inspiré ce livre »?

Vous hésitez. Cette phrase ne comporte-t-elle
pas un sous-entendu intime?

Le monsieur postillonne des supplications
dans votre oreille gauche. Ça l'aiderait vis-à-vis
de son amie qui lui dit toujours qu'il n'est pas à
la hauteur.

Ah bon! s'il s'agit d'aider un homme à briller
auprès de sa compagne, vous n'hésitez pas.

La voix du speaker (éclatant soudain avec
entrain) : Allez! Allez! Il reste encore quelques

maillots grande taille à la braderie de l'été. *Une dame* (murmurant à sa fille, juste sous votre nez) : Elle fait plus jeune à la télé.

Bingo! Vous allez passer des semaines à vous examiner de face, de profil, de trois quarts, par-dessus, par-dessous, devant votre miroir. A moins qu'avec vos droits d'auteur vous n'achetiez la grande glace à trois faces de vos rêves qui permettra enfin de vous voir de dos. Et de vous apercevoir que vous avez un gros popotin.

Cela vous rappelle votre petite famille. Vous vous tournez vers le directeur du rayon librairie. Pourriez-vous téléphoner à Paris? Le directeur se précipite pour vous demander une ligne. C'est quand même agréable d'être célèbre.

Tout à coup, vous entendez une voix féminine dire joyeusement :

– Tu mets : « A ma meilleure copine, Lucie, en souvenir du Lycée Molière. »

Vous levez la tête stupéfaite. Une ménagère rondouillarde vous regarde avec un sourire ému. Vous avez beau fouiller votre mémoire. Vous ne l'avez jamais vue.

La dame : Tu ne te souviens pas? On m'appelait Ramasse-miettes au réfectoire.

Vous vous rappelez bien Ramasse-miettes mais pas la dame. Est-ce que vous avez changé à ce point-là, vous aussi?

Vous bramez : Ah! Ramasse-miettes! Qu'est-ce que tu deviens?

Ramasse-miettes est devenue timide.

– J'ai pas réussi comme toi, moi. J'ai épousé un Belge et j'ai huit enfants.

Vous lui assurez que c'est formidable d'avoir épousé un Belge et d'avoir huit enfants.

Ramasse-miettes n'a pas l'air de cet avis. Elle a l'air plutôt épuisée par ses huit petits Belges. Vous tentez de la réconforter. Sa vie est une vie splendide. Quoi de plus beau que la maternité épanouie?

Le directeur vient vous prévenir que votre ligne pour Paris vous attend. Vous vous précipitez à sa suite à travers les rayons. *Voix du speaker* (exalté) : Il ne reste plus qu'un maillot grande taille. Allez! allez, c'est une occasion.

Le bruit est intense. Vous hurlez dans le téléphone :

– Allô, maman! Tout va bien?

Non. Votre mère a sa voix de martyre bien connue. Saint Sébastien aux prises avec les Indiens. Elle vous prévient d'un seul trait et d'un ton douloureux qu'elle fait de son mieux, comme toujours, vous savez bien que vous pouvez compter sur elle, malgré les avanies qu'elle encaisse. Allons bon! Qu'est-ce qui se passe? Les enfants? Non. Les enfants sont sages. Modérément bien sûr. Qu'attendre de plus d'enfants élevés par vous? Mais enfin, il ne s'agit pas des enfants. Alors, de l'Homme? Oui, de l'Homme. Il est toujours dans son trailer, enfermé. Vous êtes un peu déçue. Vous aviez espéré que votre absence et la venue de votre mère feraient sortir le mari du bois et l'inciteraient à revenir à son domicile normal. C'était oublier que, depuis le jour de votre mariage, l'Homme de votre vie et l'auteur de vos jours vivent une petite guérilla bien à eux emplie de remarques pointues et de silences explosifs. Bref, au cours d'un vague croisement dans la rue, l'Homme a traité à voix bien haute votre très chère mère de Madame Fout-la-Merde. Elle n'a pas aimé. Elle vous fait remarquer avec emphase qu'elle est une sainte de supporter de pareilles injures. Oui, maman. Elle le fait pour *vous*, bien que vous lui en soyez peu reconnaissante dans la vie. Par exemple, en ne lui rendant pas visite tous les jours, comme font toutes les filles de ses amies. Oui, maman, mais tu sais bien... Votre mère vous coupe la parole. Sa colère s'enfle. Elle ne veut pas rester plus longtemps dans une maison où ON l'insulte, ON la nargue, ON... Affolée, vous la suppliez, au nom de tout ce qu'elle a de plus cher au monde, de ne pas partir, de ne pas vous laisser tomber, vous et les enfants. Vous allez rentrer cette nuit même. Maman!...

C'est alors que vous vous apercevez qu'un groupe de ménagères vous entourent et écoutent passionnément votre conversation.

Vous faites jurer à votre mère qu'elle restera stoïque sous les offenses. Elle jure, enchantée d'avoir pu donner la mesure de sa grandeur d'âme. Vous raccrochez avec un grand soupir. Petit Jésus, de temps en temps, vous pourriez faire un effort, non? en faveur d'une mère de famille écartelée entre sa famille et son travail.

Justement, vous y revenez vers votre travail, suivie du groupe des ménagères fascinées par vos problèmes personnels dont une dame qui vous attrape par la manche.

La dame (vous arrêtant) : Est-ce que, dans votre livre, vous parlez des oiseaux?

Vous vous arrêtez, surprise. Non!

La dame : Quel dommage, c'est la seule chose qui m'intéresse dans la vie. Nos petits frères ailés, comme disait saint François...

Allons bon, une folle. Après un vague sourire, vous vous enfuyez et vous vous réfugiez derrière votre parapet de livres à signer.

Ramasse-miettes est toujours là.

Elle est curieuse de savoir ce que fait votre mari dans la vie et s'il est venu avec vous à Bruxelles.

Encore sous le coup du téléphone avec votre mère, vous inventez n'importe quoi. Votre mari ne vous a pas accompagnée parce qu'il voyage beaucoup. En ce moment, heu... (vous dites ce qui vous passe par la tête), il parcourt l'Afrique noire en caravane. Vous ne remarquez pas que le photographe derrière vous note soigneusement vos paroles.

Ramasse-miettes s'en va. Elle a mis son adresse sur un petit papier et la vôtre sur son livre. On se téléphone. On s'écrit. Bel exemple de promesses qu'on ne tiendra jamais. Vous le savez l'une et l'autre.

Vous vous êtes remise courageusement à l'ouvrage lorsque le speaker, d'une voix haletante d'émotion, se met à hurler :

– ... Et maintenant, le Grand Événement de la matinée aux Grands Magasins de Bruxelles!!! Au rayon disques!! Michel Sardou va dédicacer pour vous son dernier tube...!!

Un hurlement retentit à travers tout le magasin. Cris hystériques de fans. Beuglements musicaux. Glapissements des clientes et des vendeuses. L'Apocalypse ne fera certainement pas plus de bruit.

Vous voyez soudain le foule massée autour de votre table l'abandonner en se bousculant pour foncer vers le rayon disques situé juste à côté.

En un éclair, vous vous retrouvez seule tel un bois flottant déposé sur le rivage par une mer déchaînée.

Vous n'avez plus une cliente. Vous ne vendrez plus un livre. Vous mettez quelques secondes pour vous remettre. Vous regardez de tous côtés. Non, personne ne s'occupe plus de vous. Même le directeur du rayon a disparu, probablement emporté par la foule et piétiné.

Vous rangez vaguement vos bics et vous tapotez vos piles de livres délaissés.

Un petit garçon s'approche de vous. Peut-être veut-il faire un cadeau à sa mère? Vous vous accrochez à cet espoir.

Le petit garçon : C'est à quel étage, madame, les vélos?

Sic transit gloria, comme disent les pages roses du Larousse (traduction libre : Attention, la grosse tête).

16

Voilà des jours que l'Homme campe à votre portail.

Vos nerfs n'y tiennent plus. Vous passez vos soirées et vos week-ends à le surveiller derrière vos voilages. Vous commencez à vous demander si vous n'allez pas courir vous jeter à genoux à ses pieds et lui demander pardon. Pardon de quoi? Vous ne savez pas très bien mais pardon.

Quel homme peut résister à une femme qui lui demande pardon, surtout si vous pleurez un petit peu (voir plus haut)?

(Quand il sera revenu à la maison, peut-être trouverez-vous un moyen d'exercer une juste vengeance. Il sera temps d'aviser.)

Samedi

Votre Seigneur est en train de faire son ménage en passant le chiffon à poussière. Il le secoue narquoisement par la fenêtre. Vous ne l'auriez jamais cru capable d'une chose pareille. Naturellement, il sait que vous l'observez et il le fait pour vous agacer. Et pour épater son copain Vincent qui vient d'arriver.

A noter qu'à votre dépit de plus en plus vif, l'Homme s'est installé confortablement dans son camping-car. Il a fait glisser de la maison à son camion ses costumes, ses chemises, sa lampe préférée, de la vaisselle, des livres, etc.

Vincent, lui, est désolé de la situation. Il vous aime bien et il commence à être fatigué de slalomer entre vous deux. Et puis il n'aime pas ce genre de problèmes. Vous pouvez imaginer le dialogue. *Vincent* (inquiet) : Tu ne vas pas rester éternellement ici?

L'Homme (farouche, secouant son chiffon à poussière) : Le temps qu'il faudra! Le temps qu'Elle... (Elle, c'est vous!)... change d'attitude. Tu comprends, Elle reçoit des journalistes toute la journée... Elle se fout de moi en racontant partout que je suis explorateur en Afrique noire... Son éditeur parade dans ma propre maison avec ma propre veste... Alors, moi, je reste *là* devant la porte pour l'emmerder. Du reste, je fais école...

C'est vrai. Enhardis par son exemple, on peut maintenant compter dans votre rue, auparavant si paisible, trois autres caravanes (dont une avec antenne de télévision), où campent des maris qui ont trouvé ce moyen excellent pour ne pas s'en aller de chez eux tout en s'en allant. La séparation dans la cohabitation. Le rêve du Mari. Inutile de dire que votre réputation dans le quartier auprès de l'élément féminin est franchement abominable. Votre voisine, en particulier, vous a rendu les clefs de votre maison et ne vous salue plus.

Pour l'instant, vous abandonnez votre poste de surveillance derrière la fenêtre et vous vous mettez à taper comme une sourde sur votre machine à écrire. Votre deuxième roman vous aidera peut-être à surmonter la crise. La litté-rature est un engrenage.

Tout à coup un crachotement bruyant vous fait sauter en l'air. C'est le talkie-walkie grâce auquel l'Homme correspond avec les enfants.

Julien survient comme un fou et s'en empa-re. *Julien* (à la cantonade) : Papa! C'est papa!

Vous savez bien que c'est papa et à chaque fois ça vous tord l'estomac. Il faut que vous teniez le coup sinon vous allez vous effondrer comme une serpillière et vous serez bonne pour le psychiatre fou ou alors le pardon à genoux.

Julien (dans le micro émetteur) : Ici Tango Bravo... J'écoute... Terminé...

Voix de l'Homme (dans le deuxième micro émetteur du trailer) : Allô, ici Fox-Trot. J'ai besoin de deux bouteilles à droite dans la cave. Je répète, une bouteille de vin rouge et une bouteille de blanquette de Limoux, à droite dans la cave. Merci. Terminé.

Vous êtes exaspérée. Vous jetez un regard noir à votre fils mais vous ne dites rien. Il faut tenir. Tenir.

Dans le trailer, Vincent n'est pas convaincu que l'attitude de J.-P. soit la bonne. Surtout lorsque celui-ci lui annonce qu'il a invité Karine pour un pique-nique.

– Quelle Karine?

– Karine, d'Optimisme-Optique.

Elle doit lui apporter un rapport sur le conditionnement audio-visuel de la lunette dans le monde. Le trailer sert aussi de bureau à l'Homme.

Vincent est inquiet.

– Ta femme ne va pas aimer.

L'Homme se tourne sauvagement vers lui, un pot à olives à la main :

– Moi, c'est son éditeur que je n'aime pas.

Le bruit d'une furieuse dispute vous attire à nouveau à la fenêtre. C'est la voisine en train de se battre avec son mari dans sa caravane. Il a le dessus. Elle rentre chez elle en claquant la porte.

Vous avez fait vraiment mauvaise école.

Arrive alors une petite voiture sport d'où descend la belle Karine, des dossiers sous le bras. Elle pénètre chez le P.-D.G. des Ets Lullibel d'un pas nonchalant.

Vous sentez une coulée de lave rouge envahir vos artères. Trop c'est trop. La belle Karine qui vous a toujours fait souffrir par son élégance et son impassibilité sophistiquée, vous n'allez pas pouvoir supporter. Vous avez envie de vous rouler par terre en poussant des cris de bête. Mais après? Non. Il faut que vous agissiez et vite. Mais quoi faire, mon Dieu, quoi faire?

Tout à coup, une idée lumineuse surgit dans votre pauvre cervelle qui ressemble à l'intérieur d'un volcan. Vous saisissez le téléphone et vous faites un numéro.

Tout en imaginant ce qui est en train de se passer dans le trailer.

D'abord, après le départ de Vincent, J.-P. et

158

Karine vont discuter chiffres et promotion et tutti quanti devant des dossiers étalés. Mais avec un bon verre de blanquette bien pétillant. Et une ambiance musicale insidieuse que vous pouvez entendre de chez vous.

Ensuite, Karine – que vous avez toujours tenue secrètement pour une salope qui n'avait qu'une idée, c'était de s'emparer de votre mari pour son usage personnel – va le féliciter d'avoir installé son bureau dans une roulotte. Comme c'est original!

L'Homme fera le modeste :

– Il y avait tellement d'agitation chez moi. *Karine :* Ça ne m'étonne pas! (mielleuse) avec le succès de votre femme...

Cela s'appelle retourner le fer dans la plaie. Elle le sait, vous en êtes sûre. Vous aimeriez lui arracher les ongles lentement, lentement.

L'Homme grommellera quelque chose, style : « Oh! ma femme... »

Elle fera semblant de ne pas comprendre.

– Vous avez toujours des idées merveilleuses... un goût exquis... (Et patati et patata.)

L'Homme, fou de joie, dissimulera hypocritement sa fierté :

– Vous exagérez.

– Pas du tout. Votre dernière collection le prouve. Il y a de ces trouvailles...

Elle roulera des yeux admiratifs sous ses cils de cinquante centimètres de long, faux naturellement.

Flatter, flatter l'homme, il en restera toujours quelque chose.

Elle s'enhardira :

– Vous êtes un type formidable.

Et voilà le travail. L'Homme fondra comme une motte de beurre breton au feu de cette admiration. Vous savez très bien qu'il ne résistera pas. Du reste, qui résiste à un peu de flatterie?

– Vous ne pouvez pas savoir quel réconfort cela peut être pour un pauvre type comme moi.

Il tendra la main vers sa main... Damnation! Vous ne pouvez en supporter l'idée... Vous allez dégringoler chercher la bêche dans la cave et leur ouvrir le crâne à tous les deux.

Sauvée! Vous êtes sauvée du double meurtre!

Par un énorme camion gris de la police qui vient se garer devant le camping-car (qui bloque toujours votre portail). C'est la fourrière qui, pour une fois que vous l'appelez, va vous rendre service. Vous voyez une équipe en descendre et entreprendre de glisser le fameux traîneau à deux patins sous les roues de la « forteresse » de l'Homme.

Rien ne bouge à l'intérieur. Vous pouvez parier que Karine a posé sa tête sur l'épaule de l'Homme et minaude.

– Je suis sûre que vous apportez beaucoup à une femme.

Salope, tu me le paieras!

L'Homme baisse les yeux comme un jeune communiant :

– Vous vous faites des illusions sur mon compte.

160

(Hypocrite! Tu bois du petit-lait.)

Karine (avec fougue) : Ce sont des choses qu'une femme devine...

Au moment où l'Homme de votre vie, le traître, va saisir le poignet de Karine pour l'embrasser, la fourrière démarre, entraînant le trailer. Tout tombe à l'intérieur, y compris le traître qui n'a que le temps de se raccrocher à une nappe qui file à son tour. Ce qui était dessus dégringole. Karine pousse des clameurs que vous entendez de chez vous et se cramponne aux rideaux qu'elle arrache.

Vous ne pouvez vous empêcher de jubiler derrière vos voilages et même, que Dieu vous pardonne, de faire un petit geste... enfin bon, un petit geste, quoi!

Une heure plus tard, la fourrière revient mais, cette fois, c'est à l'appel de la voisine pour enlever la caravane de son mari. Dans deux jours, la rue sera nettoyée des maris qui avaient choisi la liberté devant leur jardin.

17

Deux jours plus tard, par un triste après-midi d'automne, l'Homme réapparaît. Vous êtes dans votre chambre en train de faire votre valise. Le monstre a cet air embêté du Mari qui voudrait rentrer chez lui sans trop d'histoires. Il vous dit doucereusement bonjour tout en se balançant d'un pied sur l'autre comme votre fils Julien quand il a un mauvais carnet à faire signer.

Vous, vous avez l'estomac comme un morceau de granit car, depuis quarante-huit heures, l'Homme n'est pas rentré à la maison. Et ils ne vous l'ont sûrement pas gardé au chaud à la fourrière tout ce temps-là.

Cela veut dire qu'il a passé ces deux jours ailleurs. Ailleurs signifie probablement Karine. Sûrement Karine.

Vous avez tellement pleuré de rage et de douleur que vous avez les yeux secs et la mâchoire en acier à force de l'avoir serrée. Vous rassemblez ce qui vous reste de fierté pour faire de l'ironie.

– Tiens, ils t'ont relâché?

L'Homme vous regarde avec un peu d'inquiétude, puis aperçoit la valise posée sur le lit.

L'Homme : Tu t'en vas?

Vous continuez à plier posément – mon Dieu, mon Dieu, ne pas perdre son calme surtout, ne pas éclater en sanglots, non plus – vos affaires dans la valise.

L'Homme (lâchement aimable) : Tu t'en vas longtemps?

Vous ne pouvez vous empêcher de lui répondre :

– Trois jours à la Foire du Livre de Francfort.

L'Homme (comme s'il découvrait le problème) : Et qui va s'occuper des enfants?

162

Vous : Maman, comme d'habitude.

Votre choix sous-entend que c'est bien la première fois que le Père se pose une telle question.

L'Homme (avec empressement) : Je peux m'en occuper.

Vous (insultante) : Tiens, c'est nouveau ça! (Et puis, sans pouvoir vous retenir – pourtant vous vous étiez bien juré de ne jamais y faire allusion – vous lancez :)... Pourquoi? Le camping à deux c'est fini?

Le monstre est très ennuyé. (Tiens! ça n'a pas dû marcher si bien que ça avec la belle Karine.)

– Écoute, ne va pas imaginer...

Vous n'avez rien imaginé du tout. Vous le lui assurez d'une voix aiguë. Mais, comme ce salaud ne vous a pas donné signe de vie depuis deux jours, vous avez bien été obligée de prendre d'autres dispositions. C'est tout.

Là-dessus, vous décrochez de la penderie une étourdissante robe du soir que vous avez achetée le matin même et vous la rangez ostensiblement dans la valise. Dieu merci, le monstre la voit. Il la désigne du doigt avec horreur :

– Tu ne vas pas emporter ça?

Vous (feignant la surprise – Ouf! le monstre est tombé dans le piège) : Pourquoi?

L'Homme (plein de mauvaise foi jalouse) : C'est bien trop habillé.

De quoi se mêle-t-il? Vous le lui demandez. Ce n'est pas à un monsieur qui part de chez lui pendant deux jours de vous dire quelle robe vous devez porter.

L'Homme (dans un grand élan pompeux – il sera toujours bien lui-même) : Je te rappelle que je suis toujours ton mari!

Vous (avec ce que vous estimez être un rire féroce) : Ah bon!

Et en avant pour la scène.

L'Homme marche de long en large à grands pas furieux. Il est fou de rage. Il s'est donné la peine de rentrer et personne ne lui en sait gré! Il est également rongé par la jalousie. Le coup de la robe laisse entrouvrir des perspectives irritantes. (C'est bien pour ça que vous l'avez achetée.) Il veut bien aller chez Karine mais vous à Francfort avec une robe qui vous laisse à moitié nue, c'est différent.

Il attaque :

– Oui, madame. Je commence à en avoir assez de vos grands airs, de vos livres, de vos télévisions, de vos robes, de vos voyages, de vos agents, de vos éditeurs.

Il reprend son souffle.

Vous en profitez immédiatement pour attaquer à votre tour. Vous aussi, vous en avez assez. Du grand P.-D.G., de ses lunettes, de son usine, de son égocentrisme, de sa phallocratie...

Vous reprenez votre souffle à votre tour.

Vous vous regardez tous les deux haineusement.

L'Homme : Je ne suis peut-être qu'un petit P.-D.G. minable mais vous, vous n'êtes qu'une...

164

(il cherche dans sa rage)... qu'une grenouille enflée d'une fausse gloire.

Vous : Fasciste de banlieue ouest.

L'Homme (littéraire) : ... Heu... Rastignac en jupons...

Vous (moins intellectuelle) : Pauvre mec!

L'Homme : Je crois qu'il n'y a plus rien à ajouter.

Vous approuvez de la tête à vous démancher le cou.

C'est alors que le mot est prononcé.

Le mot « divorce ».

– C'est la meilleure solution, dit l'Homme.

– Absolument, dites-vous, le cœur tordu de tristesse.

Mais, si votre cœur est triste, votre tête, elle, est furieuse. Aucun de vous n'a prononcé le seul mot qui vous embrase de colère : Karine.

L'Homme – qui va sortir de votre vie – prend à son tour dans le fond de l'armoire une valise qu'il jette sur le lit à côté de la vôtre et dans laquelle il entasse pêle-mêle tout ce qui lui tombe sous la main.

Feignant l'indifférence, vous allez dans la salle de bains chercher votre trousse de toilette.

L'Homme entre à son tour. Il empoigne d'un geste farouche sa brosse à dents, et d'un regard cherche le dentifrice. Il le voit, avance la main mais vous êtes plus rapide et vous l'attrapez avant qu'il ait pu le saisir. L'Homme essaie de vous arracher le précieux tube. Vous vous battez comme deux enfants.

L'Homme : Veux-tu lâcher ça! C'est mon dentifrice, enfin!

Vous : C'est le mien aussi!

Finalement, il réussit à vous le reprendre. Il le tient victorieusement.

– Où est le bouchon?

Vous prenez votre revanche. Perdu le bouchon. Il n'a qu'à se débrouiller.

L'Homme (bêtement, son tube de dentifrice sans bouchon à la main) : Ben, qu'est-ce que je fais?

Vous (sarcastique) : Tu bouches le petit trou avec ton gros doigt et tu bouges plus. Bon voyage, mon chéri.

Vous allez boucler votre valise, vous l'empoignez et vous quittez cette chambre où vous avez été si heureuse.

L'Homme, qui a jeté le dentifrice par terre, en fait autant.

Vous descendez l'escalier tous les deux, chacun portant sa valise, dans un silence mortel.

Votre mère, telle la statue de la République Combattante, est piquée au milieu du living. Vous allez l'embrasser.

Vous : Au revoir, maman (voix mélo). Je te confie les enfants...

Dieu merci, votre mère, si elle a des défauts, se meut comme un poisson dans l'eau dans les situations dramatiques. Du reste, les situations dramatiques, elle adore ça.

Votre mère (même voix mélo) : Au revoir, ma chérie. Ne t'inquiète pas... (ton plein de sous-entendus à l'égard de son gendre...) je suis là.

Vous (mielleuse, ton également plein de sous-entendus) : Merci, maman.

Votre mère (tendant une joue hostile en direction de l'Homme, la voix pointue) : Au revoir.

Mais l'Homme refuse ostensiblement d'embrasser la joue ennemie.

L'Homme : Au revoir, madame Fout-la-Merde!

Et il sort à grands pas.

Votre mère reste pétrifiée.

Vous vous enfuyez lâchement. Sans oser vous retourner ni même risquer un mot consolateur vers l'auteur de vos joues de peur de provoquer une scène générale qui risquerait de vous faire rater votre avion.

Dans le jardin, vous explosez :

– Je t'interdis de parler comme ça à maman.

L'Homme (aimable) : Ta mère, j'en ai rien à foutre.

Vous vous retournez et vous apercevez par la fenêtre la digne et élégante vieille dame en train de faire un bras d'honneur en direction de l'Homme. Maman, voyons!

Vous (reprenant la guerre) : Moi, je suis polie avec la tienne de mère. Et Dieu sait qu'elle est tarte.

L'Homme (touché) : Comment ça, ma mère est tarte?

Dans la rue, vous montez chacun dans votre voiture respective, garées l'une derrière l'autre.

Dans votre colère, vous oubliez que la vôtre est en prise et vous démarrez en marche arrière – en fait, cela vous arrive trois fois par jour –, tamponnant ainsi la voiture de l'Homme.

Vos faibles talents de conductrice ont toujours excité la verve de l'Homme. Il se penche ironiquement par la portière :

– Bravo! Toujours aussi douée.

Vous vous penchez à votre tour à votre portière :

– Je t'emmerde!

L'Homme (toujours ironique) : Quelle éducation! Pour un prix Féminin.

Prix Féminin ou pas, vous êtes bien décidée à vous venger. Oui, mais comment?

Même jour dans l'avion de Francfort.

Vous vous demandez comment vous avez fait pour arriver jusqu'à l'aéroport, dans l'état de nerfs où vous étiez. Mais votre éditeur vous a accueillie avec un grand déploiement de faste et de charme. C'est le grand jeu : voyage première classe, compliments, champagne, etc.

L'hôtesse, une bouteille à la main, n'arrête pas de remplir votre verre. Vous commencez à vous sentir mieux.

L'éditeur vous fait un numéro de très grand seigneur :

– C'est ainsi que je traite mes auteurs... surtout lorsqu'il s'agit de femmes charmantes, c'est une joie... et patati et patata.

Il éternue.

Car – et c'est la première fois que vous voyez cela – l'air conditionné ne marche pas au-dessus de vous. La valve souffleuse est bloquée sur le froid et vous envoie sur la tête un vent sibérien. Vous avez dû garder vos manteaux et vous enfouir sous des couvertures que l'hôtesse vous apporte. Cette dernière est absolument désolée. C'est un incident qui n'arrive jamais.

L'éditeur est indigné :

– C'est insensé! Mme Larcher (c'est vous!) est attendue par toute la presse allemande. Elle ne peut pas arriver enrhumée!

L'hôtesse n'a pas l'air du tout de se rendre compte du drame que vous vivrez si vous devez affronter les journalistes d'outre-Rhin avec une fontaine rouge en guise de nez, mais, toujours aimable, elle va voir ce qu'elle peut faire. Elle s'éloigne.

L'éditeur se demande à voix haute s'il ne va pas réclamer des dommages et intérêts à la compagnie. Imaginez que vous ayez une pneumonie. Comment présenter un auteur avec pneumonie à l'Allemagne étonnée? Du reste, il connaît le Président. Il va lui téléphoner.

Pendant que vous vous demandez ce que le Président pourra faire à votre rhume, l'hôtesse revient, mâchant ostensiblement quelque chose. Elle s'arrête près de vous et tire gracieusement de sa bouche une grosse boule de chewing-gum qu'elle enfonce dans la valve d'air conditionné. C'est tout ce qu'elle a pu trouver. Tandis que vous vous extasiez sur sa débrouillardise, l'éditeur continue à grincher. Si on en est à réparer l'air conditionné avec du chewing-gum, il se demande comment tiennent les réacteurs.

Pendant que vous imaginez avec horreur les réacteurs maintenus par des élastiques, la boule de chewing-gum sous la pression de l'air sibérien gicle violemment dans le verre de l'éditeur qui pousse un hurlement aigu. Son cher visage parisien est tout éclaboussé de champagne. Il couine qu'il va téléphoner au Président. Vous étouffez un fou rire. Allons, la vie va peut-être se charger de vous remettre sur pied!

Même jour, même heure, dans un grand studio très moderne.

Karine est en train de s'entraîner sur un home-trainer pour garder sa ligne (la salope).

Sonnerie à la porte d'entrée.

Elle va ouvrir.

L'Homme de votre vie est sur le seuil. Sans valise.

Karine (ironique mais pas trop) : Alors, elle t'a viré?

(Elle, c'est vous!)

L'Homme fait oui de la tête.

Karine est contente mais ne veut pas le montrer. C'est de bonne guerre.

– Et tu ne sais pas où aller?

L'Homme fait non de la tête.

Karine (qui a déjà beaucoup vécu) : Et ta valise est dans le coffre de la voiture?

(Ça, vous n'y auriez pas pensé!)

L'Homme fait toujours oui de la tête, sans répondre.

Karine (très cool) : Alors, va la chercher.

Naturellement, vous n'y assistiez pas. Vous ne pouviez que vous en douter en défaisant votre valise dans une chambre d'hôtel anonyme à Francfort.

L'excitation de l'avion, du champagne, du voyage, de la gerbe de fleurs immense qui vous a accueillie à l'arrivée est tombée. Vous êtes affreusement triste.

On frappe à la porte.

Vous essayez de récupérer votre allemand jamais appris à l'école :

– Commenzi... heu...

Mais la personne derrière la porte n'a pas l'air de comprendre.

Vous allez ouvrir. C'est l'éditeur.

Il a déjà la voix enrhumée mais toujours son ton « crémeux – relation publique ».

– Je voulais m'assurer que mon auteur préféré était bien installé.

Tout en se mouchant, il entre dans votre chambre pour jeter un coup d'œil. Vous jurez d'une voix neutre et fatiguée que c'est parfait. Merci.

L'éditeur (un peu vexé) : Les fleurs vous ont plu?

Bon. Vous auriez dû penser à le remercier mais vous êtes si cafardeuse que vous n'arrivez pas à manifester un réel enthousiasme. L'éditeur se rend compte de votre désarroi. Quelque chose ne va pas?

A votre grande honte, vous sentez une boule se former dans votre gorge. Si ça continue, vous allez éclater en sanglots. Vous vous effondrez dans un fauteuil :

– Mon mari et moi, nous nous sommes séparés cet après-midi.

L'éditeur hoche la tête avec compréhension. Ah! c'est donc ça.

Il vient s'asseoir sur le bras de votre fauteuil et passe un bras mi-paternaliste, mi-amical autour de vos épaules.

Vous êtes désespérée. C'est moche quand même la vie. Ça y est, vous pleurez.

L'éditeur : Si je vous disais que tous les auteurs y passent...

Vous (à travers vos sanglots) : Je vous répondrais que j'en ai rien à foutre.

L'éditeur (se faisant tendre et protecteur) : Allons, mon petit, ne vous laissez pas aller au découragement à cause d'un mari... d'un mari... enfin quoi d'un mari... (il éternue)... ben oui, un mari c'est un mari, comme dit l'autre.

Il a cru vous faire rire mais vous ne pouvez vous empêcher d'imaginer l'Homme de votre vie et Karine, tout nus, dans un immense lit en train de faire l'amour. Cette vision vous brûle l'esprit et le cœur. Vous êtes tellement transformée en bloc de jalousie et de haine que vous ne vous êtes pas aperçue que votre éditeur est en train de vous embrasser dans le cou, comme un fou.

Vaguement, dans un brouillard, vous entendez sa voix vous dire :

– Vous savez que vous me faites rêver.

Cette remarque vous laisse complètement hébétée. Mais l'éditeur, dragueur, continue son numéro de charme :

– Vous êtes une fille pleine de talent, de vie et de charme.

Une lueur éclaire votre esprit :

– Vous dites ça à tous vos auteurs!

Mais M. Rossi croit lui-même à ce qu'il dit :

– Ce n'est pas l'éditeur mais l'homme qui vous parle. L'homme d'expérience qui vous dit : oubliez tout pour un soir!

Vous êtes tellement abrutie que vous vous demandez s'il n'a pas raison, après tout. Un peu de chaleur humaine en certaines circonstances, c'est peut-être bon. Pendant que vous vous laissez aller, dans votre désarroi, à ces pensées stupides, le téléphone sonne et vous sauve du K.-O.

C'est votre mère. Elle vous annonce qu'elle a fait venir le médecin parce que Julien se plaignait de violentes douleurs au ventre et qu'il doit être opéré de l'appendicite im-mé-dia-te-ment.

Vous raccrochez. Vous redécrochez. Vous demandez qu'on vous passe le concierge pour savoir quand part le premier avion pour Paris. Vos mains tremblent d'énervement et d'inquiétude. Votre petit garçon. Tout le monde sait que l'appendicite peut cacher une péritonite.

Et puis, vous devez être là, oui vous devez être là quand il se réveillera et pleurera votre nom. Votre petit garçon a besoin de vous.

L'éditeur vous regarde, abasourdi :

– Qu'est-ce que vous faites?

Vous lui expliquez, comme à un demeuré qu'il est, que votre fils doit être opéré de toute urgence et que vous rentrez à Paris.

Il se lève, indigné, et tente de vous arracher le téléphone.

L'éditeur (se mettant à piailler) : Il n'en est pas question. Demain nous avons rendez-vous avec la presse et la télévision allemandes.

Allons bon. Vous avez affaire à un attardé mental. Il ne comprend donc pas que vous ne pouvez pas laisser votre bébé souffrir tout seul. Vous êtes mère avant tout. Vous réussissez à lui reprendre le téléphone des mains.

Il glapit :

– Et vous voudriez qu'on vous prenne au sérieux, vous, les femmes. Dès que vos gosses éternuent, vous laissez tout tomber.

Vous lui dites ce qu'il peut faire de ses considérations.

L'éditeur vous interdit de partir.

Vous lui dites ce qu'il peut faire de ses interdictions.

– Je ne vous laisserai pas briser votre carrière.

Vous vous battez tous les deux férocement autour du téléphone.

Le concierge au bout du fil doit écouter avec surprise vos hurlements et les bruits de la bagarre. Les Français sont décidément une sale clientèle.

Finalement, n'arrivant pas à vous dépêtrer de cette pieuvre littéraire, vous lui flanquez le combiné au travers de la figure.

Il pousse un beuglement hystérique et porte la main à son œil.

L'éditeur : Mais vous êtes folle! Elle est folle! Une vraie sauvage! Mon Dieu, ça y est, je n'y vois plus rien.

Il tombe à genoux et se met à tapoter la moquette, l'air égaré.

Le spectacle de votre éditeur à quatre pattes, le nez à vingt centimètres du tapis, vous surprend tellement que vous éclatez d'un rire nerveux qui n'arrange pas vos relations avec la littérature.

L'éditeur (haineux) : Aidez-moi à les retrouver, bon Dieu, au lieu de rire comme une sotte.

Vous : Retrouver quoi?

L'éditeur (atterré) : Mes verres de contact. Attention! Ne marchez pas dessus.

Vous vous mettez à quatre pattes à votre tour et vous tâtonnez vous aussi autour de vous.

L'éditeur est hors de lui : sans ses verres de contact, il ne pourra plus rien voir. Ni la presse allemande, ni vous, ni votre livre de malheur. Sans compter que des verres de contact, ça coûte une fortune.

Il regrette de vous avoir éditée.

18

Une semaine plus tard, Julien est assis dans son lit d'hôpital. Il va très bien. Opération réussie.

Vous êtes assise à côté de lui, en train d'essayer de faire le puzzle que vous lui avez apporté.

Julien, gai comme un pinson, vous recommande de ne pas oublier les noisettes de son écureuil, et la pâtée de la Tribu Hamster – quant à Sido, la couleuvre, vous l'avez mise en pension; vous ne pouviez supporter de la nourrir vous-même.

L'Homme entre. Un paquet à la main.

Il vient embrasser son fils du côté opposé à celui où vous êtes.

– Bonjour, mon chéri... (A la cantonade, sèchement :) Bonjour!

(La cantonade, c'est vous!)

Sans le regarder, vous non plus, feignant d'être absorbée par le puzzle, vous répondez à la cantonade (c'est lui!) :

– Bonjour!

Votre cœur fait des bonds comme un fou et votre estomac est plein de papillons.

Le Père (à son fils) : Tu vas bien?

Julien (vocabulaire spécial) : Extra.

Le Père (montrant son paquet) : Je t'ai apporté un puzzle.

Julien : Maman aussi.

Il a l'air écœuré.

Vous ne pouvez savoir si c'est pour embêter l'Homme ou parce qu'il déteste les puzzles.

Le Père (mécontent que son cadeau n'ait pas suscité d'approbation chaleureuse) : Ça t'en fera deux!

Votre fils (sans enthousiasme) : Ouais!

Le Père : Tu sors quand?

Julien : Je sais pas! (Tourné vers vous.) Je sors quand?

Vous (à votre fils) : Après-demain.

Votre fils (transmettant la commission à son père) : Après-demain.

En fait, la situation ne s'est pas améliorée depuis votre retour. L'Homme vit toujours mystérieusement ailleurs, probablement chez Karine. Vous restez la nuit à étouffer vos cris de fureur et de désespoir en mordant votre oreiller. Pour rien au monde vous ne feriez le premier pas. Vous êtes la femme et la mère, vous êtes chez vous, c'est à lui de revenir. Vous n'avez rien à vous reprocher. Même pas un demi-éditeur. Tandis que lui...

Vous avez donc décidé d'être en marbre, apparemment.

Entre une infirmière qui indique que les visites sont terminées.

L'Homme est indigné. Il vient d'arriver. Comment peut-on avoir le droit de terminer les visites alors qu'il vient d'arriver? Il sort de son bureau. Il a des horaires.

L'infirmière, très calme, fait remarquer que tout le monde a des horaires. L'hôpital aussi.

L'Homme maté et vous, vous vous levez et vous embrassez votre fils. Chacun la joue de son côté.

Vous (l'embrassant à droite) : Bonsoir, mon trésor. A demain.

Le Père (l'embrassant à gauche) : Bonsoir. Tu n'es pas triste qu'on te laisse?

Votre fils adoré est ravi, au contraire, de voir ses parents s'en aller. Qu'ils branchent simplement la télé en partant. Un bon feuilleton les remplacera agréablement. Vous sortez l'un derrière l'autre, toujours sans vous regarder.

Dans le couloir, l'Homme un peu emmerdé attaque : – Je ne sais pas quoi dire.

Vous (calmement) : Ben, ne dis rien.

Tiens, pour une fois que vous avez une bonne réponse, tac! l'Homme est vexé :

– Mais enfin, nous avons quand même des choses à voir.

Vous restez le souffle court. N'y a-t-il pas dans cette phrase un soupçon de regret, un zeste de tendresse? Ne devriez-vous pas revenir sur vos pas et vous jeter dans ses bras? Au lieu de cela, sotte et mauvaise, vous vous retournez et, avec une douceur ironique, vous dites :

– Au revoir, mon chéri.

C'est le moment que choisit votre mère pour surgir entre vous. Et, se trompant sur vos dernières paroles, lancer à la cantonade (elle aussi) :

– Bonjour, mes enfants. (Contente quand même.) Ça s'arrange?

L'Homme (lui jappant brusquement au visage) :

Non, Madame Fout-la-Merde! Ça ne s'arrange pas! et ça ne s'arrangera pas.

Vous vous éloignez lâchement pour ne pas voir le visage de votre mère qui en a gros sur la patate. Elle crie :

– Madame Fout-la-Merde tient à vous dire qu'il ne faut pas compter sur elle dimanche pour garder les enfants.

Bon. C'est toujours sur vous que ça retombe.

Vous revenez en hâte sur vos pas.

Vous : Maman, je t'en prie, ne me laisse pas tomber. (Pointant un doigt vengeur en direction du monstre qui se sauve :) Tu sais bien comment il est.

Madame Fout-la-Merde (dans une envolée sublime) : Bon. Alors, dans ces conditions, je veux bien garder tes enfants. (Désignant à son tour le monstre.) Mais pas LES SIENS.

19

Vous êtes sur le grand divan, serrée contre les enfants, en train de regarder un match de foot. D'habitude vous détestez regarder les matches de foot et vos enfants n'en sont pas fous mais là, il vous semble que c'est un peu une façon d'être avec l'Homme qui les adorait. Vous formez un groupe enlacé étroitement. L'atmosphère est un peu triste.

Tout à coup, Julien demande :

– Il revient quand, papa?

Votre cœur se tord de douleur. Que lui dire? La vérité? Vous ne savez pas. Vous ne savez rien! Vous êtes paumée dans la vie.

Les enfants restent silencieux. Ils ont compris. Vous essayez de ne pas éclater en sanglots. Vous vous demandez si l'Homme est en train de regarder le même match de foot chez Karine. Si par hasard il a un petit peu le cafard lui aussi. A moins que l'autre salope soit en train de lui faire l'amour. Ça vous étonnerait. L'Homme a toujours fait passer le match de foot avant le reste. Il faudrait qu'il soit drôlement amoureux. Mais sait-on jamais! A cette idée, une épée brûlante vous transperce les tripes. Salope! si vous pouviez la prendre, la découper en petits morceaux et en faire un dîner chinois. Ah, quel bonheur!

Mais quelque chose vous soutient : peut-être que Karine ne sait pas que, pour l'Homme, regarder un match de foot c'est une religion et qu'il ne faut en aucun cas le déranger. Elle n'a pas comme vous quinze ans d'expérience. Peut-être est-elle en train de l'embêter, de lui tripoter le visage ou de jouer avec ses doigts, toutes choses qui énervent l'Homme lorsque les Bleus remontent vers le but...

Si elle pouvait en plus lui déposer un bisou dans l'oreille. L'Homme déteste qu'on lui dépose un bisou dans l'oreille. Il aurait un geste d'énervement. Ce serait bon.

20

Le temps passe.

De temps en temps Me Taraman vous téléphone pour le divorce. Il propose toutes les solutions. Le divorce aux torts de l'Homme. L'Homme refuse. Le divorce à vos torts. Vous refusez naturellement. Le divorce aux torts partagés. Vous refusez tous les deux. Et cela vous mène où?

Vous ne savez que faire. Vous commencez à craquer. Vous avez même essayé de téléphoner au bureau de l'Homme. Il n'a pas voulu vous répondre. Votre mère, la pauvre Madame Fout-la-Merde, s'est fait renvoyer de la même façon.

Vous avez appelé Vincent, mais Vincent s'est montré très évasif. Il ne veut pour rien au monde se mêler d'une histoire entre son meilleur ami et sa meilleure amie. Brave Vincent.

Pourtant il faut que vous fassiez quelque chose. Les choses ne peuvent plus durer. Les enfants sont trop malheureux. Cela n'est pas juste.

Oui, vous devez frapper un grand coup, mais lequel?

Un après-midi, vous prenez une décision. Puisque l'Homme ne veut pas vous parler, vous avez trouvé un moyen pour lui transmettre votre message.

21

La semaine suivante, vous êtes accroupie dans la cave, l'oreille droite collée contre la chaudière du chauffage central. En train d'expliquer au plombier qu'elle fait tchouk-paf! tchouk-paf! tchouk-paf!

Le plombier, l'oreille gauche collée contre la chaudière, vous assure que non : elle fait vroom-toc-vroom-toc-vroom-toc. Normal.

Mais vous vous entêtez, la chaudière fait bien : tchouk-paf! tchouk-paf!

Le plombier n'entend rien. Il se redresse et va tourner un robinet. Il ne sait pas ce qu'il y a chez vous mais jamais rien ne marche : ou bien toute l'installation est pourrie ou bien on vous a jeté un sort. Et, dans ce cas-là, ce n'est pas un plombier qu'il vous faut mais un exorciste. Et il s'en va dignement.

Mais, aujourd'hui, même l'évocation du diable ne vous atteint pas. Vous avez même du mal à réprimer l'exaltation qui vous donne envie de danser en imaginant ce qui est en train de se passer dans le splendide studio de Karine (avec quel argent l'a-t-elle acheté?).

L'Homme entre. Avec sa clef (la clef qu'elle lui a donnée, la salope!).

Il découvre Karine plantée derrière la porte

telle la statue du Reproche Vivant. Elle tient une éponge à la main.

Karine (dans un état fou) : Tu sais ce qu'elle a fait, ta femme?

Lui reste figé à l'entrée :

– Ma femme?

Il est un peu inquiet. Qu'avez-vous fait, grands dieux, pour mettre Karine dans un état pareil? La petite créature n'a pas un caractère facile (ça, l'Homme l'a découvert) mais de là à se montrer hystérique.

Karine : Elle a osé venir ici, cet après-midi.

L'Homme entre. Jette son attaché-case et commence à enlever son imper d'un air complètement détaché. Mais il est drôlement embêté. Les ennuis sont en vue. L'idée de ses deux femmes en train de se battre ne l'enchante pas.

– Qu'est-ce qu'elle t'a dit?

Karine : Rien, j'étais pas là. Mais regarde.

D'un geste théâtral, elle montre sur le grand mur blanc du beau studio ce que vous avez passé deux heures à écrire en immenses lettres à l'aide d'une bombe de peinture rouge :

« MON CHÉRI. NOUS T'AIMERONS TOU-JOURS. TA FEMME ET TES ENFANTS. »

L'Homme reste figé devant l'inscription. Touché au cœur.

Karine, qui s'en aperçoit, s'élance comme une folle pour tenter d'effacer la phrase maudite en frottant avec sa petite spontex. Mais ça bave atrocement. L'effet est désastreux. La colère de Karine redouble.

Karine (à l'Homme, hurlant) : Aide-moi. Reste pas planté là.

Elle allait dire « comme un con » mais elle s'est retenue à temps. Dommage.

L'Homme (restant quand même planté là) : Mais comment est-elle entrée?

(Elle, c'est vous.)

Karine (haineuse) : Elle a dit à la concierge qu'elle était inspectrice du ministère de la Santé chargée de la dératisation... et cette vieille conne a marché.

L'Homme réprime un sourire. En fait, le coup du ministère de la Santé, c'est une idée de Marie, votre amie la gynéco.

Vous avez bien ri toutes les deux à cette invention. Et vous n'avez pas eu trop de mal à convaincre la concierge qui ne semble pas porter Karine dans son cœur. Elle a dû répéter à tout l'immeuble que l'autre salope avait des rats chez elle, tellement elle était sale.

L'Homme a parfaitement compris tout votre petit scénario. Il ne peut s'empêcher d'être amusé (et flatté).

Karine se retourne et voit son air de chat qui vient de boire le bol de crème double.

Sa fureur éclate. Elle perd les pédales :

— Ça te fait marrer, hein, mon salaud!

Elle avance sur lui avec sa spontex barbouillée de rouge.

L'Homme recule prudemment.

— Tu y tiens toujours à ta bonne femme, espèce de petit patron réac, de bourgeois pourri.

L'Homme et Karine se regardent furieusement. C'est leur tour. Enfin.

Puis l'Homme, d'un pas décidé, se dirige vers l'endroit où il a fait tomber son imper et son attaché-case qu'il récupère.

Karine (affolée) : Où vas-tu?

Peut-être chez vous, peut-être à l'hôtel, peut-être chez sa mère mais en tout cas il s'en va.

Vous auriez pu prévenir cette imbécile que l'Homme ne supporte pas d'être traité de petit patron réac, de bourgeois minable. Il y a longtemps que vous le savez! Grâce à Dieu, la connaissance de son mâle donne quelquefois à la femme légitime un avantage sur les petites minettes qu'il rencontre à l'occasion.

L'Homme se retourne et dit, glacial :

– Au revoir. Je t'enverrai un peintre demain.

Il claque la porte.

A la maison.

Vous êtes dans le living où vous tapez à la machine votre deuxième roman en fumant des cigarettes à la chaîne tellement vous êtes énervée (pardon, Simone).

Olivia téléphone, couchée par terre, avec Jean-Marie, son nouveau copain.

Julien, recroquevillé dans un fauteuil, lit une bande dessinée, un hamster sur ses genoux. L'atmosphère est paisible, familiale, heureuse en apparence.

On entend les coups sourds du plombier qui œuvre dans la cave. (Il est revenu malgré les démons qui hantent votre sous-sol. Vous lui avez juré que vous aviez un oncle évêque qui allait s'occuper d'eux.) Bref, un jour comme tous les autres.

Vous tremblez d'anxiété. Votre stratagème a-t-il réussi?

C'est alors que le bruit divin retentit.

Le bang d'une voiture qui heurte le fond du garage. Les enfants ne s'y trompent pas. Julien jette sa bande dessinée en l'air :

– Papa! Voilà papa!

Il se lève et sort comme un fou tandis qu'Olivia chuchote dans le téléphone, extasiée :

– C'est papa qui rentre! Je te rappellerai!

Elle raccroche au nez de son soupirant, se lève et suit Julien.

Vous ne bougez pas mais vous fermez les yeux, malade de joie et d'inquiétude.

Et tout à coup IL est là sur le seuil de la porte, ses enfants suspendus à lui, délirants de bonheur. Il s'avance tant bien que mal de deux ou trois pas dans le salon.

L'Homme (doucement) : Bonsoir.

Vous (doucement à votre tour) : Bonsoir.

Vous ne savez trop bien que dire l'un et l'autre. L'Homme dénoue la situation. Il demande aux enfants d'aller chercher dans la voiture des petits trucs qu'il a achetés pour eux, au drugstore. Ils foncent.

L'Homme s'approche de vous.

Vous vous jetez dans les bras l'un de l'autre.

L'Homme (tendrement) : Idiote!

Vous (tendrement) : Pauvre mec!

L'Homme (amoureusement) : Sale écrivain!

Vous (amoureusement) : P.-D.G. minable!

Vous éclatez de rire et vous vous embrassez follement. Puis, quand vous avez récupéré un peu de souffle, vous restez serrés l'un contre l'autre sans rien dire. Bonheur.

Mais l'Homme de votre vie, le Chef, le Seigneur et Maître, le grand Chasseur ne peut pas se laisser aller trop longtemps à une émotion sentimentale qui risquerait de dévoiler qu'il est ce qu'il est : un tendre.

Lui : Tu écris un deuxième roman?

Vous (un peu inquiète) : Oui!

L'Homme (tenant à tout prix à vous montrer sa bonne volonté) : Formidable!

Votre cœur cogne de bonheur une deuxième fois! Si vous pouvez à la fois garder votre mari et continuer à travailler, une vie merveilleuse s'étend devant vous. (Une fois Karine oubliée.)

L'Homme manifeste même un enthousiasme un peu suspect :

– Tu sais, j'ai eu des tas d'idées pour toi. J'ai rencontré un peintre extraordinaire qui ferait une couverture fantastique pour ton prochain livre et puis il faut revoir tes contrats pour l'étranger. Ils ne sont pas formidables. Mais ne t'inquiète pas, à l'avenir, je vais m'en occuper.

Aïe! vous êtes moins enthousiaste. Cette récupération de l'Homme de vos activités personnelles vous angoisse un peu mais ce n'est pas le moment de chipoter votre félicité. On verra plus tard. Vous dites prudemment :

– Oui, mon chéri!

Et vous l'embrassez à nouveau.

C'est à ce moment-là que la chaudière explose.

Noir total.

Voix du plombier : Eh merde! Putain de salope de purée de pourriture de machine allemande!

Vous restez ainsi dans l'obscurité, partagée entre l'émotion et le fou rire. Il va falloir racheter un chauffage central complet. L'Homme tâtonne à la recherche de son briquet qu'il allume.

Vous vous regardez à la lueur de la flamme du briquet.

Vous (voix fondante de bonheur) : C'est la chaudière qui a explosé.

L'Homme (fou de joie) : Alors, on ne peut pas se passer de moi, ici?

Vous : Hélas!

Hélas non, vous ne pouvez pas vous passer de lui.

Littérature

Cette collection est d'abord marquée par sa diversité : classiques, grands romans contemporains ou même des livres d'auteurs réputés plus difficiles, comme Borges, Soupault, Goes. En fait, c'est tout le roman qui est proposé ici, Henri Troyat, Bernard Clavel, Guy des Cars, Alain Robbe-Grillet, mais aussi des écrivains étrangers tels que Moravia, Colleen McCullough ou Konsalik.

Les classiques tels que Stendhal, Maupassant, Flaubert, Zola, Balzac, etc. sont publiés en texte intégral au prix le plus bas de toute l'édition. Chaque volume est complété par un cahier photos illustrant la biographie de l'auteur.

ADAMS Richard	Les garennes de Watership Down
	2078★★★★★★
AKÉ LOBA	Kocoumbo, l'étudiant noir 1511★★★
AMADOU Jean	Heureux les convaincus 2110★★★
ANDREWS Virginia C.	Fleurs captives :
	- Fleurs captives 1165★★★★
	- Pétales au vent 1237★★★★
	- Bouquet d'épines 1350★★★★
	- Les racines du passé 1818★★★★
	Ma douce Audrina 1578★★★★
APOLLINAIRE Guillaume	Les onze mille verges 704★
	Les exploits d'un jeune don Juan 875★
ARCHER Jeffrey	Kane et Abel 2109★★★★★★
AVRIL Nicole	Monsieur de Lyon 1049★
	La disgrâce 1344★★★
	Jeanne 1879★★★
	L'été de la Saint-Valentin 2038★★
	La première alliance 2168★★★
BACH Richard	Jonathan Livingston le goéland 1562★ illustré
	Illusions 2111★★
BALZAC Honoré de	Le père Goriot 1988★★
BARBER Noël	Tanamera 1804★★★★ & 1805★★★★
BAUDELAIRE Charles	Les Fleurs du mal 1939★★
BAUM Frank L.	Le magicien d'Oz 1652★★
BEAULIEU PRESLEY Priscilla	Elvis et moi 2157★★★★
BLOND Georges	Moi, Laffite, dernier roi des flibustiers 2096★★★★

BOLT Robert	*Mission* 2092★★★
BORGES & BIOY CASARES	*Nouveaux contes de Bustos Domecq* 1908★★★
BOYD William	*La croix et la bannière* 2139★★★★
BRADFORD Sarah	*Grace* 2002★★★★
BREILLAT Catherine	*Police* 2021★★★
BRENNAN Peter	*Razorback* 1834★★★★
BRISKIN Jacqueline	*Les sentiers de l'aube* 1399★★★★ & 1400★★★★
BROCHIER Jean-Jacques	*Odette Genonceau* 1111★
	Villa Marguerite 1556★★
	Un cauchemar 2046★★
BURON Nicole de	*Vas-y maman* 1031★★
	Dix-jours-de-rêve 1481★★★
	Qui c'est, ce garçon ? 2043★★★
CALDWELL Erskine	*Le bâtard* 1757★★
CARS Guy des	*La brute* 47★★★
	Le château de la juive 97★★★★
	La tricheuse 125★★★
	L'impure 173★★★★
	La corruptrice 229★★★
	La demoiselle d'Opéra 246★★★
	Les filles de joie 265★★★
	La dame du cirque 295★★
	Cette étrange tendresse 303★★★
	La cathédrale de haine 322★★★
	L'officier sans nom 331★★
	Les sept femmes 347★★★★
	La maudite 361★★★
	L'habitude d'amour 376★★
	Sang d'Afrique 399★★ & 400★★
	Le Grand Monde 447★★★★ & 448★★★★
	La révoltée 492★★★★
	Amour de ma vie 516★★★
	Le faussaire 548★★★★
	La vipère 615★★★★
	L'entremetteuse 639★★★★
	Une certaine dame 696★★★★
	L'insolence de sa beauté 736★★★
	L'amour s'en va-t-en guerre 765★★
	Le donneur 809★★